假面殺機

林斯諺長篇推理小說

THE MASKED KILLER

林斯諺——著

「你必須小心，不能相信戴著面具的人。」

——《公主新娘》

"You be careful. People in masks cannot be trusted."

--The Princess Bride

1

雨滴沉默地跌落，在窗玻璃上蜿蜒出斑駁的淚痕。天幕是靜謐的、深沉的、濃暗的。

艾洛躺在床上，視線投向窗外，夜影重重，雷聲隆隆，他彷彿置身於黑暗的時空，感受不到任何具體的事物。

她跨坐在他身上，抽動著身子，喘著氣呻吟，黑色的短髮垂下，覆蓋了大半臉龐。她規律地動著，就像聽不見的時鐘滴答聲。

「你還在嗎？」

窗上的雨水滑出新的軌跡，與舊有的水滴線交融在一起。

「喂！你還在嗎？」

他的胸膛被猛烈地捶擊。他回過神來，視線離開了窗外。

他看見莎美居高臨下望著他，五官鎖在一塊，在昏暗的夜燈下，她的形象朦朧不清。

「結束了嗎？」他問。

「結束了嗎？你問我結束了嗎？」

她迅速離開他的身體，雙眼亮晃晃的，坐立在被褥上，赤裸的身子像竹影般搖曳。

艾洛下了床，從椅墊上撈起長褲，緩緩穿上。當他開始套上皺巴巴的襯衫時，莎美尖叫起來。

「你到底是怎麼了嘛？最近發生什麼事了？我——」

「沒事，」他披上外套，「我出去走走。」

「等一下！」

莎美跳下床，一把拉住已經走向房門的艾洛。他緩緩轉過身，眼神從莎美頭頂游移到對邊的窗戶，他注視著夜。

「你在看哪裡！」

她的雙手揪住他的衣領，迫使他轉回視線、低下頭。莎美看起來像頭暴跳的小老虎。

他兩手輕輕握住她的左右手腕，將它們向下拉離外套領子。女孩身子顫抖著，雙眼瞪視著他。

「冷靜一點好嗎？」他說，「我只是想出去走走。」

「你到底怎麼了？」

「沒事。」

「說！」

「……只是有點不太舒服，出去走走會好點。」他轉身邁開腳步。

「等一下嘛！」

他甩開她緊抓不放的手，突然感到胸口波動起來。

「你再這樣下去，我下次就不過來了！」他提高音量。

「你——」

他沒有看見莎美的表情，也沒有聽見她說了什麼。門已經在他身後砸上，他的手離開了門把。

艾洛以為她會追上來，但她沒有。

陰冷的樓梯在面前綿延開來，一路往下，深不見底。樓梯間的燈明明滅滅，映照出牆壁上的污跡，令他的眼睛相當不舒服，潮濕的氣味在鼻腔中蔓延，外加一股陳腐。

莎美的房間相當乾淨，也有某種格調，但只要一出了房間，外頭彷彿是另一個世界，他總是聯想起下水道。

下了幾層樓，經過了無數道門扉，他來到底層，推開爬滿鏽斑的鐵門，夜傾瀉而下。

濛濛細雨已轉弱為間或落下的水滴，他這才想起雨傘忘在莎美房內了。但他不打算回去拿。

路上人煙稀少，偶爾看到幾道傘花從路燈下閃過，但稍縱即逝。他從外套口袋掏出手機，九點鐘，還不算太晚。

從巷子拐出去便是大馬路，這一帶因為鄰近大學，有著熱鬧的商圈；但他沒有朝學校的方向走去，而是走往巷子反方向。兩旁是林立的住宅，燈光從無數窗口瀉出，偶爾能看見窗前晃動的人影。

他無聲地走著，兩手緊緊蜷縮在外套口袋內。柏油路面有些濕滑，天空看不見星星。

出了巷口是另一條馬路，與通往鬧區的馬路銜接，但這裡仍然是屬於人潮較稀少之處，兩旁騎樓只有零星幾道身影走過。

艾洛拐進騎樓，經過了兩三家店面，最後進入了一間名為「星夜」的咖啡館。

室內瀰漫著暗黃的光線，氛圍就如同夜色與夜燈的混融，兩名男人在櫃檯後方忙碌著——是店主人蕭邦和他的助手。環視裡邊，廳內只有五、六名客人，沉浸在冥想或低語的交談中。

「你要睡啦，Honey？」蕭邦一手拿著手機，一手拿著玻璃杯，「祝你有個好夢，我晚點就回去，」他對著手機發出親吻的聲音，「掰掰。」

放下手機後，蕭邦從櫃檯後轉過身來，微笑。

「眞是個浪漫的雨夜。」

「哦？怎麼說？」艾洛手插口袋，走近收銀機。

「不撐傘在雨中漫步，想必是有什麼浪漫的情愫吧。」蕭邦把擦乾的杯子擺在架上，輕快地看了看艾洛外套上的水滴。

蕭邦看起來四十多歲，但實際上快五十了，也許是那快活的表情以及偏高的嗓音，讓他予人的印象比實際年齡年輕。

「熱拿鐵。」艾洛說。

「老位子嗎？我等等幫你端上去。」對方微微一笑，雙手快速動了起來。

「不用，我在這裡等就好。」

「雨應該是不會再大了。」

「希望不會。」艾洛停頓一下，「跟老婆感情眞好。」

「那是一定要的囉。」

他們沒再說話，蕭邦哼起〈離別曲〉，手腳俐落地將熱拿鐵放上棕色的托盤，接著，又放上一小碟乳酪蛋糕。

「雨中的贈禮。」蕭邦露齒微笑。

「謝了。」

付完拿鐵的錢後，艾洛端起托盤，往階梯走去，上了二樓。

二樓空無一人，他走到窗邊的位置，放下托盤，坐下。從這裡可以看見對面的街道，一間7-ELEVEN佔據街角，幾個行人收起雨傘走了進去。

他端起乳酪蛋糕，嚐了一口，頓時心中一陣滿足，那塊三角狀的形體很快地消失於暗黃的燈光中。

艾洛啜著咖啡，想著蕭邦這人。因爲常來光顧，兩人已經很熟識了。蕭邦會叫做蕭邦，並不是因爲他姓蕭，而是因爲他最喜歡的音樂家是蕭邦，而他也彈得一手好鋼琴，擅長即興演奏，朋友們自然而然就這麼稱呼他了。蕭邦曾在西餐廳擔任過鋼琴手，卻總是夢想著開一間咖啡廳。如今這個夢想終於實現了，後來卻又嚷著想開樂器行。

艾洛知道蕭邦是非常虔誠的基督徒，每個禮拜都會上教堂，謹守教規。他與妻子的感情非常好，兩人是人人稱羨的鴛鴦伴侶，育有一女。

蕭邦常說他會愛老婆愛到天荒地老，他們的愛天長地久。

然後，他想到自己。

突然，熟悉的鋼琴音樂響起，理查．克萊德門彈奏的〈野花〉在他的外套口袋中躍動，他緩緩掏出那具黑色的機殼，瞄了一眼螢幕。

莎美。

他按下通話結束鍵。

繼續啜飲著咖啡，外頭的雨點愈來愈稀疏，馬路上的水窪不再起漣漪，也看不見雨傘的蹤跡了。

手機又震了起來，他看了眼來電顯示，然後切掉通話，並壓按結束通話鍵片刻，螢幕頓時一片黑。

拿鐵只剩半杯，他花了五分鐘喝完，看了窗外一眼，離開座位。

來到樓下時，只剩下一對情侶坐在角落，艾洛對蕭邦點了點頭，對方舉起手中的杯子笑了笑。

艾洛站在咖啡廳門口，望著馬路，雨果然變小了，夜幕更深更沉，空氣中瀰漫著陰濕的氣息。

他停頓了一下，然後過了馬路，穿入對街。走了一陣，他拐入一條小巷，兩旁大多是民宅，偶爾會混雜一些小店面，洗衣店、雜貨店或理容院。

艾洛不知道自己要走往何處，這一帶平常根本不會來，他讓自己的感覺操控著雙腳，想往哪裡走就往哪裡走。

出了巷子，眼前是一座小公園，石板步道環繞著公園，沿著步道鑲上一排枝葉繁茂的大樹，使得公園中心晦暗不清。

他上了步道，開始漫步，一陣風吹來，落葉漫天飛舞；以一定距離間隔的路燈像沉默的石雕投射出暗淡的光線。

艾洛將外套拉鍊往上拉，冷風拂過他的臉龐，暗影在周邊舞動。他聽著自己的腳步聲，走過一盞又一盞的路燈。

不遠處的光線搖曳不定，他抬頭一看，左前方那盞路燈似乎壞掉了，忽明忽滅，黃色光影與黑色布幕纏綿交替，眼睛頓感一陣昏眩。

他快步經過了那塊光影交錯的地帶，然後再調整回原來的步伐。從這裡右轉的話，可循步道繼續繞著公園走，直行或左轉便會上到馬路，分別進入兩條深入住宅區的巷子。

就在艾洛要左彎時，他忽然聽見背後傳來某種聲響。

雖然是相當細微的聲音，但他判斷出似乎是腳步聲。

艾洛轉過身，一陣侵略性極強的風勢捲了過來，一旁的大樹灑下落葉，像漣漪擴散開來，在視界中狂舞。他往前望去，那盞壞掉的路燈，仍間斷地釋放出光線。彷彿眨著眼睛。

黃光，黑暗，黃光，黑暗，黃光，黑暗。

黃光……

他的視線落在路燈基座時，全身突然如被電流貫穿般，湧生了凍結的震顫。

黃光閃現的那一瞬間，他看見石板步道上投射出一道細長的人影。

就在他試著要去辨識人影的輪廓時，黑暗又陡然落下，意識在一瞬間空白，當黃光再次投射出時，他的雙眼才再度聚焦。

影子消失了。

步道上沒有任何人，就連旁邊的馬路也是一片靜寂，艾洛的眼神梭巡四周，連天幕都是暗的，星月無光。

那盞路燈旁停了許多車輛，越過步道的對邊則是樹叢。

他靜默地看了一陣，明明滅滅的燈光令眼睛不舒服。接著，他猶豫了一下，轉身繼續朝前走去。

這條巷弄更爲闃暗，他幾乎看不見前方，拐過一個彎後，他發現左前方散發出微弱的燈光，那是從一棟兩層樓建築洩出來的。

艾洛走向前去，那棟建築左側毗鄰著看來無人居住的廢屋，右側是一片草地，這是一棟西式洋房，有突出的格子窗戶，大門右手邊是一道通往地下室的斜坡，燈光便是從底下洩出。在斜坡的入口旁立著一道標示牌，上面寫著：**面具博物館**；底下是另一排英文字——Mask Museum。

艾洛駐足半晌，他從來沒聽說過這裡有這種奇怪的展覽館，這個地點太偏僻了，怎麼會有這種店面呢？

他在入口處觀望了半晌，正在猶疑之時，冰涼的水滴突然落在他的鼻頭與面頰上，天幕再度開始哭泣，水勢疾快。

艾洛沿著斜坡走下，一排玻璃門展列在眼前，中間的那扇門裡邊懸掛著一方形塑膠牌子：OPEN（營業中）。

他走上前去，輕輕往內推開玻璃門，一陣說不上來的奇怪氣味撲面而至，他不知道怎麼去形容那氣味，只知道那氣味令他聯想起蠟像館。

但這裡不是蠟像館。

裡面的空間相當寬敞，天花板垂下的水晶吊燈散發出微弱的白光，形成一片濛濛的薄紗。

如果不是架子上擺放的物品，艾洛會以爲自己置身在一座小型的圖書室內，厚重的木架像兩排衛兵往後延伸，每一座架子約成人般高度，近兩公尺寬，上頭擺滿了各式各樣的面具，每一副面具下方的木板皆貼有白色標籤，上頭有簡單的介紹。

他被一股無形的魅惑之力牽引著，迷失於面具的迷宮中。

其中一個架子陳列了某些派對上常見到的眼罩型面具，有單純的眼罩造型，也有像蝴蝶展翅的，也有只露出嘴巴的面具，五顏六色，種類繁多，但共通點都是遮掩了臉的上半部。

在另一個架子上，擺放了一整排風格詭異的面具。他看見一張扭曲的臉孔，面部的肌肉散成好幾層，交疊在一起，整張面具的邊緣插滿了細長的棕色鋼針，底下的標籤註明作品的名稱：「太陽之臉」。另一個叫做「橡皮笑容」的面具是一張暗藍色、猶如木乃伊與猿人混合的臉孔，看起來像是用黏土做成，雙眼是兩顆類似玻璃珠的物品，嘴巴咧開，微笑著。另一副叫做「蝸牛臉」的面具則像老太婆的臉，兩個碩大的蝸牛殼塞在眼睛部位，黃色的稻草黏在頭上充當頭髮，充滿皺褶的臉皮說明了歲月的痕跡。除此之外，甚至還有叫做「腐面」的面具，那似是由橡膠材質做成的無表情臉龐，臉上佈滿灼傷的痕跡，面頰與額頭處甚至還有深刻的疤痕。這些看起來相當另類的作品恐怕不是拿來戴在臉上的面具，而是作爲純欣賞之用的前衛藝術品。

艾洛吞了吞口水。這些當代藝術風格的面具單個來看還好，挺有詭譎的風味，但當它們全擺在一起的時候，詭譎交織成了潛伏的悚慄感。他感到相當不舒服，遂迅速挪動腳步，離開眼前的架子。

隔鄰架子上的陳列品令他瞬間停下腳步，這並非是因爲這些面具過於美麗而吸引了他的目光，相反地，那是一種凍結的顫慄。他以爲自己來到了地獄。

這裡擺放的面具全令人毛骨悚然，一張張猙獰的臉孔展列眼前，如群魔亂舞。他看見了埃及的陰間之神——狼頭人身的阿努比斯、希臘神話中的牛頭怪物米諾陶，另外還有滴水嘴獸、吸血鬼、狼人……以及許許多多叫不出名字的惡魔。最後他的視線落在其中一副套頭面具上。那是一張火紅色的臉龐，兩邊太陽穴處往前延伸出兩支往內彎曲的犄角，角上有螺旋花紋；耳朵如精靈般尖細，眉毛既粗且濃，鼻樑挺直，面容嚴峻，邪氣重重。

有一瞬間，他感受到這些面具彷彿復活了，它們輕輕蠕動著，原本空洞的眼孔射出銳利的光芒，嘴角也似乎彎翹了起來，數十張臉孔在暗光之下溢滿竊笑聲、低語聲、怒罵聲，形成紛雜的轟隆聲，艾洛的身子再度震顫了起來，他的背脊竄起一股寒意，立刻別開眼神，切斷蔓延的幻覺。他迅速轉身，想要盡早離開這個面具堆成的墓園。

就在他轉身的那一剎那，怦然心跳差點震破胸膛。他低呼了一聲，往後退了兩步，背脊的凍寒感達到極點。

在朦朧光影的籠罩下，一名戴著白色面具的人站在近旁，靜靜地注視著他。

2

那是一張死白的臉，既沒有表情也沒有生氣，眼洞後邊是一對深邃的瞳仁，閃爍著異樣的光芒。那人穿著藍色運動長褲，黑色套頭長衫，衣著與白色面具顯得格格不入。他的右手握著一把木柄雕刻刀，上頭還附著著木屑。

「你是誰？」面具背後的聲音晦澀不清，但感覺得到雄渾低沉的質素，應該是個男人。

「我只是來參觀的。」意識到對方應該是現實世界的人類，艾洛稍稍平復了情緒。

「參觀？店門口不是掛了打烊的牌子嗎？」

「上面寫著營業中。」

白色面具沉默了半晌，向後退到走道上，往左邊轉頭望了一下。

「你說得沒錯，看來我把牌子掛反了。抱歉嚇著你。」

「沒事。」

「我以為有竊賊闖入，才戴上面具準備嚇嚇你，請別介意。」

「常有竊賊闖入嗎？」

「不算很常，不過曾發生過。這裡許多面具都相當稀有，也難怪會引來雅賊。」

語畢，對方用左手緩緩摘下了面具。一張粗獷的面孔擴散開來，他蓄著一圈落腮鬍，鬍子之濃密幾乎掩蓋了整張臉的下半部；他留著一頭濃密的捲髮，從頭頂往兩側垂瀉下來，覆蓋了兩邊臉頰。在頭髮與鬍子構成的叢林之中，只有五官是明晰的，兩眼鋒利有神，鼻子尖挺，嘴唇略微薄瘦。

「抱歉打擾了，」艾洛說，「既然現在已經打烊，那我就先離開。」

男人點點頭，往後退一步，讓出走道。艾洛看了他一眼，往前走，行經對方身邊，右轉，往門口走去。

屋外大雨滂沱的音震令他的腳步遲疑，停頓了一下，就在他決定繼續往前走時，背後的男人開口了。

「你沒帶傘嗎？」

「剛剛還沒下得這麼猛烈。」

沉默。接著對方說：「不介意的話，在這裡躲雨吧。」

艾洛半轉過身，「眞的可以嗎？」

「嗯，跟我來。」

男人往裡邊走，艾洛沒有猶豫，跟了過去。

他們走到展覽廳底部，角落擺著一張書桌，一台攤開的筆電佔據桌面；書桌旁則是一張長矮桌，被兩排沙發夾住。

桌後的牆壁上掛著一副面具，那是一張棕色的臉，閉著雙眼，頭上裂了兩個大窟窿，從右邊窟窿裡面流出黑色的凝結汁液，就像黑色的蛇往下蔓延，延伸到臉頰與緊閉的嘴角；下顎處連結著兩串念珠，淡棕色的珠子中混雜著黑色珠子。那是一張安詳的臉，但安詳中卻帶有死亡的沉寂。艾洛有種錯覺，那窟窿裡的黑血似乎正在流動。

「坐吧。」

男人率先坐上沙發，手上的雕刻刀擺一旁，並把方才摘下的假面具輕輕放在矮桌上；他伸手提起桌上的水瓶，把兩個倒放的玻璃杯翻轉過來，往裡頭注了點水。

「花茶，可以嗎？」他遞了杯給艾洛，也倒了杯給自己。

「謝謝。」艾洛在男人面前落了座。他覺得對方頭頂上的那副棕色面具一直在凝視著自己。縱然那張臉是沉睡的，但死寂的眼皮似乎總是會趁他不注意時露出縫隙。但這只是室內光線造成的錯覺吧。

「你是凌園大學的學生嗎？」對方的聲音轉移了他的注意力。

「嗯。」

「唸什麼？」

「文學所博士班，正在寫論文。」

「怎麼稱呼？」

「叫我艾洛就好。」

「艾洛？這是你的英文名字嗎？」

「算是吧。」

對方似乎是沒有打算再追問他的中文姓名，艾洛於是問：「那你呢？」

「叫我麥斯克就可以了。」

艾洛停頓了一下，說：「Mask？」

麥斯克點點頭，「是的。」然後他聳聳肩，「當然，這只是個暱稱。」
艾洛也覺得沒必要追問他的眞實姓名，便換了個話題。
「你也是這邊的學生？」
「不是，我是另一所藝術學院畢業的，會來這裡純粹是偶然。我喜歡到處流浪。」
艾洛本來想問他光靠賣面具怎麼能維生，但覺得這個問題不怎麼禮貌，於是把它按了下去，改問另一個掠過腦中的疑問。
「你爲什麼對面具這麼感興趣？」他又意識到牆上那副串著念珠的面具，死寂的眼皮似乎在偷偷開闔，臉頰上的黑血微微發亮。
麥斯克露出會意的一笑，好像早就預料有人問這個問題。他往椅背一靠，十指交握腹前，「我從大學時代就開始研究面具，碩士論文也討論了面具與人類社會的關係，我不知道自己爲什麼對面具這麼感興趣，也許是一種神祕感吸引著我吧。」
「神祕感？」
「嗯，面具自古以來就有很多功用，比如說裝飾、表演或保護作用，但第一個讓人聯想到的通常是『隱藏』的作用。」
「隱藏身分？」
「是的，面具代表未知，因爲未知所以神祕。」
「的確是。」艾洛抬眼瞄了那副棕色面具，面頰的黑血似乎仍在滴流，如果有人戴著那樣一副面具出現，他一定會想知道背後的那張臉是什麼樣子。應該說，想知道是什麼樣的人會想戴那樣的面具。

「就算再可怕的面具也會有奇妙的美感，」麥斯克說，「或許這就是藝術品有趣的地方。」

「這裡的面具都是你自己做的嗎？」

「有些是。也有一大部分是收購來的，或是有人贈送的。」

「爲什麼會有人想買面具？」

「大多是收藏用，就像有人喜歡收集畫作一樣。」

談話至此暫時中斷，艾洛沒有頭緒要再問什麼問題，室外的雨聲弱了點，但未停歇；室內晦暗的光在各處製造出陰影，搖曳不定。頂上的棕臉在微笑，不，那只是張安詳的臉孔……

「話說回來，」麥斯克鬆開交握的十指，雙手抱胸，「我倒是很好奇，你的英文名字是怎麼來的？」

「哦，其實沒什麼，那是取自Eros的諧音。」

「Eros？愛神厄洛斯嗎？」

「對。」他發現麥斯克的表情改變了，眼神亮了起來，整個人突然變得興致勃勃。

「怎麼會挑這個名字？」

「噢，只是對愛情這檔事有些想法，你好像很感興趣？」

「我這裡正巧也有厄洛斯的面具呢，我先拿給你看看。」

麥斯克站起身，往廳堂底部的那扇門走去，門打開的瞬間，艾洛瞥見房間裡頭有著一張長桌，上頭擺滿各式各樣的工具，還有看起來半成品的面具。麥斯克把門輕輕掩上。片刻後，他手中抓著一副面具走出來。

「這就是厄洛斯。」他把面具遞給艾洛。

那是一個肉色橡膠套頭面具，作工相當細緻，眼睛、鼻孔部分都有洞孔，俊美的臉龐正是愛神厄洛斯，也就是羅馬神話中的邱比特。面具上黏附著黑色捲髮，應該是假髮，但觸感相當光滑。

「相當精緻的面具。」艾洛說。

「這是從另一個朋友那裡買來的，他有一整套希臘羅馬神話諸神的面具。」

「原來如此。」

麥斯克重新落座，啜了一口茶，轉動了一下脖子，說：「你剛剛說對愛情有些想法，願意說來聽聽嗎？」

艾洛把厄洛斯放到桌上，看了對方一眼，然後把身子往後靠。

「不是什麼深刻的想法。」

「沒有所謂深不深刻，純粹陳述個人觀感也可以。」

艾洛猶豫了一下，才開口，「我認爲沒有所謂的愛情。」

「怎麼說？」

「我們都被語言所誤導了，以爲『愛』這個字，對應到某種無形的實體，叫做『愛』，這是完全錯誤的，愛這個字指涉不到任何實體，它所能刻畫的，只有一堆戀人間的外在行爲。」

「請再解釋得清楚一點。」

艾洛在沙發上調整了坐姿，啜了口茶，繼續說：「心靈的一切都由外在行爲展現出來，例如所謂『痛』的心理狀態，只不過是我被堅硬物體撞到時，會慘叫一聲，然後用手去撫摸痛處。而愛，也只不過是對戀人噓寒問暖、接吻、擁抱、幫她套件外套、問她吃飽了沒、打電話給她……等等瑣碎的外在行爲所組合而成。沒有這些外在行爲的展現，根本就沒有愛的存在。」他意識到自己一口氣說了許多話，訝異於自己的滔滔不絕。也意識到原來自己的聽眾一直少得可憐。

「所以根本沒有愛情這回事囉？」麥斯克撫摸著下巴的落腮鬍。

艾洛向前探了探身子，「或者你可以這樣看。愛，不過是一種動物性本能的慾望，想要親近異性，追究到底，根源於性慾，只不過人類有語言、有思想，才將這種性慾美其名爲『愛』，並盲目地相信眞有愛情的存在。要是人沒有思想能力，會對由性慾蛻變而來的愛想這麼多嗎？

既然愛只是一種動物性的慾望，那就摻雜一定的自私性，因爲只要是慾望，就會有一定的私心。愛是各種情感中，自私性最重的一種。也因爲人有思想能力，使得自私性這項因素變得更加複雜。

既然愛只是一堆外在行爲所組成，既然愛只是一種動物性慾，那要人去相信愛情，相信天長地久，豈不可笑？人會想要有伴侶，也只不過是一種生理慾望，絕非在背後有什麼偉大崇高的愛情在運作；要用一切所謂理性的方法去經營一種動物性慾，注定會失敗；就算看似成功，也只是一種自我欺瞞。」

艾洛停頓下來，他見麥斯克沒有答話，便繼續說：「沒有愛，只有性慾，因爲人是動物。愛，是人類用語言粉飾出來的。一切的愛情活動，拆除掉語言的裝飾，只有赤裸裸的性。」

「很偏激的想法，不過很有啓發性。」

「或者這麼說好了，愛情只不過是一陣短暫的激情，激情過後便什麼也沒有了。我不懂伴侶關係爲什麼一定要強制把兩人綁在一起。也許這正是愛情所衍生出的自私與佔有。」

「如果承認愛情只是短暫的激情，那麼沒有永恆的愛嗎？」

「永恆的愛只有一種，就是柏拉圖式的戀愛。只要涉及形體之美，最終只會走向腐朽。」

「所以你也不覺得婚姻是神聖的？」

「哦，那是人類史上最可怕的發明之一。你聽過一段名言嗎？『人就像寒冬中的刺蝟，離得太遠會受凍，靠得太近又會刺傷彼此。』婚姻只會讓愛情原本的光輝褪色，它所帶來的沉悶、繁瑣與束縛讓人無法忍受。」

麥斯克思索一陣後，回答：「人類無法免除的其實是性慾吧？依照你的看法，你應該要認同最恰當的伴侶關係就是純粹的性伴侶關係吧？」

「嗯，這才是最理想的關係：自由、合乎人性。」

「你自己也遂行這種關係？」

艾洛猶豫要不要回答這個問題，一陣停頓後，他說：「當然，乏味的時候可以隨時結束，沒有任何負擔，但要找新的對象並不容易，因爲操持這種感情觀的人不多。」

麥斯克的雙眼定定看著他，「這種人其實不少，只是一般人不會把這種想法表露出來。」

「也許吧。」

「如果能聚集這些志同道合的人，形成一個性伴侶挑選聯盟，那就不愁沒有新的對象了。」

艾洛微笑，「聽起來很夢幻，可惜是天方夜譚。」

「不是天方夜譚。」

他發現麥斯克的語調改變了，他有點吃驚地抬頭看向對方。

麥斯克兩手交抱胸前，神情嚴肅，頂上的那副棕臉又睜開眼皮，黑血繼續流淌；數百張面具在雨夜的密室中蟄伏著，注視著短暫的沉默。然後，傳來對方低沉的聲音。

「事實上，的確存在著這樣一個祕密會社，你有意願加入嗎？」

3

「這是在開玩笑嗎？」良久之後，艾洛才擠出這句話。

「沒有人在開玩笑，我是很認眞地在邀請你。」

艾洛遲疑了一下，注視著對方，「告訴我更多細節。」

麥斯克拿起桌上的厄洛斯假面把玩著。假面頭髮上的金屬飾片反射出微弱的光線，艾洛從中看見自己模糊的臉部輪廓。

「這是一個由十人組成的會社，五男五女。這個會社的名稱叫做『假面之夜』。」

「假面之夜？」艾洛不由得想起近旁滿室的面具。

「是的，顧名思義，與『假面』跟『夜』大有關聯，這是因爲參加集會的人都必須戴著面具，並且集會都是在夜晚舉行。」麥斯克稍微調整了坐姿，繼續說：「會社每個禮拜三聚一次，時間是晚上九點，地點在凌園大學附近約三公里處的森林中，那裡有一棟集會用的祕密建築。」

「聽起來很奢華。」

「可以這麼說。」

「集會如何進行？」

「進行集會的十人皆戴著面具出場，在大廳集合，然後進行一場撲克牌的小遊戲，以便決定當晚的配對。」

「撲克牌遊戲？配對？」

「撲克牌遊戲的結果將決定五組配對，也就是五對男女的配對。配對完成後便各自帶開到大廳旁的五個房間，進行眞正的遊戲。」麥斯克說最後一句話時加重了語氣。

「是靠亂數方式配對？」

「差不多，但也有某種程度的自由選擇，詳細規則我稍後說明。總之，你無法預測誰在今晚會與你共枕，也不會知道面具底下的人又是誰。這就是整個遊戲引人入勝之處。」

「每個人戴的面具款式不固定嗎？」

「是固定的。」

「那時間久了不就能逐漸知道誰戴哪副面具？」

「沒錯，但樂趣也就在這裡，你或許會因爲迷戀上某人而期待自己每次配對的運氣。可是，會員是流動的，不見得每週十人都能出席，若有人請假，會從候補名單遞補暫時性的成員。另外也有可能會有人退會，這時候遞補的人就成爲正式會員。也就是說，隨時可能會有新面孔。」

「很多人在排遞補？」

「不算多，但有一定數量。」

「這些人是怎麼知道會社的存在？」

「由我或是會員來發掘，尋找適當人選。」

「我不明白我爲什麼會符合入會資格。」

麥斯克專注地看著他，眼神深邃，「主要是因爲你的想法與會社宗旨不謀而合。我們要的是相信慾望的人，而不是相信愛情的人。」

艾洛沉默了。他看著桌上的杯子半晌，問道：「撲克牌遊戲的詳細規則是如何？」

「相當簡單。每次集會都有一名成員來擔任莊家的工作，由莊家從大廳擺放的撲克牌抽出十張牌，由兩組相同的數字所組成，但必須各自包含一張鬼牌。比如說，第一組是梅花一到四加上鬼牌，第二組是紅心一到四加上另一張鬼牌。接著將兩組牌各自洗牌，牌面朝下擺在桌面上，兩組男女從兩組牌中各自挑選一張。」

或許是注意到艾洛稍感困惑的眼神，麥斯克很快地繼續說：「讓我用更具體的方式說明。五名男性成員稱爲A組好了，女性成員則是B組。假設今次莊家是A組其中一人，那麼他洗好牌並將牌發放到桌面後，B組成員便依序挑走紅心五張牌，每人挑完牌後，將牌置放面前，但不翻開。A組進行同樣的動作，但莊家必須等其他四人挑完牌後，才去拿餘下的最後一張牌。這個措施是爲了防止莊家作弊，因爲如果讓他先挑牌的話，比較容易做手腳。

「接下來就是配對的方式了，兩組都選好牌之後，每人將自己的牌翻面，號碼相同的就配成一隊。例如，梅花一配紅心一，梅花二配紅心二，依此類推。」

「那鬼牌呢？」

麥斯克微微一笑，「鬼牌是遊戲中的異數。」

艾洛被這句話激起更深的興趣，他挺直身子仔細聆聽。

「基本上抽到鬼牌的人可以配成一對，但他們有額外的自由，亦即，他們能自由選擇要與誰配對。這種情況僅限於抽到鬼牌的人都不願彼此配對，而欲選擇其他人。若此，原配對者被抽鬼牌者挑走的剩下兩人便被迫配對。

舉例而言，A組抽到鬼牌的人稱爲甲好了，B組抽到鬼牌者稱爲乙，甲乙可以配成一對，但若當兩人不願意互相配對時，他們可以各自選擇其他對象。假設甲選了抽到紅心三的人，乙選了梅花二，那梅花三與紅心二便被迫配成一對。換句話說，當抽到鬼牌者行使自由選擇權時，其他人便須擔心配對異動的狀況。」

艾洛點點頭，「因此可能我正驚喜於很運氣地配到一名完美的對象時，下一秒鐘又改變了。」

「是的，這種不確定性也是遊戲的樂趣之一。」

「那萬一甲想選擇其他人，但乙不想呢？」

「那所有人必須重新抽牌，直到不出現這種情形。」

「所以這也是異動的危險之一。」

「嗯，不過對於那些想要改變配對的人來說是好事，他們可以再賭一次機運。」

「眞是運氣程度相當重的性遊戲。」

「有未知才有樂趣，如果一切都是安排好的已知，那就沒有戴著面具的神祕感了。」

「嗯。」

談話暫時中止。窗外的雨聲似乎也聽不見了，只剩下麥斯克與棕臉面具凝視著他。

「有人退會嗎？」艾洛打破沉寂，「不然我怎麼能加入？」

「上禮拜某名成員決定退出，雖有候補人選，但這禮拜的時間對他們來說似乎都不剛好，」麥斯克捻捻下巴的鬍子，「你考慮得怎麼樣？」

「我很感興趣，不過還想知道更多細節。」

麥斯克看了他一眼，說：「你等我一下。」然後站起身，開門走進裡頭的房間。

艾洛反芻著剛剛對方說的話，心中有著一股不可置信感。擺在桌上的厄洛斯面具空洞地凝視著天花板，視線與淌著黑血的棕臉交錯。他的腦海中浮起一幅畫面：燈光昏暗的大廳內，十個戴面具的人圍著長桌坐著，有人戴著惡魔的面具，有人戴著神祇的面具，還有人戴著怪異的前衛藝術面具……燈光是昏暗的，他感到些許窒息感，面前的撲克牌面朝下放著，他伸手將牌翻轉過來，上面畫著咧嘴而笑的小丑。他抬頭往對邊看去，面前同樣擺著小丑牌的是一張媚惑女人的面具，眼洞中的瞳仁釋放出光芒，他心中的火悄悄地被光點燃，開始擴散燃燒，那熱度劇烈蔓延著……

「你看看這個。」

麥斯克突然出現在他面前，將一個方形牛皮信封遞到他面前，信封角落畫著一個白色、空洞的半罩式假面具，類似《歌劇魅影》中的魅影假面，與方才麥斯克所戴的白色面具是同一副。

艾洛接過信封，將裡頭的紙張抽出。「這是什麼？」

「會社的規章，」麥斯克緩緩坐下，「內容有點冗長，你可以帶回去慢慢看，重點我剛剛都提過了。有什麼疑問可以直接問我。」

裡面有四張Ａ４大小的紙張，兩張訂成一份，是一式二份的構成。第一張是會社規章，密密麻麻地寫滿了一堆字，共有兩頁。他大略掃過一遍之後，沒有發現太多新的重點。主要是規定一些入會、退會以及會社組織的細節，或是請假及遞補方式、撲克牌遊戲規則及會館使用條例等等。他確認過沒有需要特別留意的地方後，便翻到第二張紙。

那是入會的同意書，底下有簽名欄，正中央印著白色假面的浮水印，見識到這個顯眼的標記以及精緻的紙張設計，他開始意識到他並不是在作夢，而是即將踏入一個存在於眞實中的奇幻世界。

「你也是會員嗎？」艾洛抬頭問。

麥斯克爲自己又倒了一杯茶，然後斟滿艾洛的杯子，「曾經是，但半年前退出了。」

「爲什麼？」他很本能地問了這個問題，隨即有點後悔，這問題似乎會牽涉到私人領域。

「我後來太專心於面具的製作工作。因爲不喜歡工作被打斷，常常在集會當晚遲到或請假，後期這種情形太常發生，我便認爲暫時退出比較好，等心情調整好再考慮重新入會。」

「原來對這種性遊戲也會厭倦嗎？」

麥斯克挑了挑眉毛，「或許也不算厭倦，只是一件事做久了，總是會想休息，但這不代表厭惡或厭倦。」

「了解……所以你現在負責會社的行政業務？」

「可以這麼說。」

「你該不會是會社創始人吧？」

「不是。我只是因爲製作面具的關係，才會被網羅進來。」

「創社的人也在十名成員之中嗎？」這是他很感興趣的問題。

麥斯克遲疑了一下，欲言又止。

「抱歉，這或許是機密吧，」艾洛很快地說，「不方便的話不必說。」

「是機密沒有錯，不過我不認爲讓你知道有什麼意義。」

「我眞的只是隨口問問。」

「就算知道他是十人中其中一人，你也不會曉得他是誰，所以無所謂。」

「那你知道他的身分嗎？」

「我知道。」

艾洛沉默了一陣，深知這個問題不能再追問下去。他尋思著該再問些什麼。關於「假面之夜」這個會社的存在，麥斯克不像在誆他，這個祕密會社看來是眞的在運作，他不敢置信這個雨夜裡竟然會有如此的際遇。

「我已經考慮清楚了，我決定加入。」

麥斯克凝視著他，臉上讀不出任何表情，「你眞的確定了？」

「確定。」

「好，」對方點點頭，「那麼在你簽下同意書前，我必須先向會長報備一下。」

「會長就是會社創始人嗎？」

「是的。」

「入會不是你決定就行了？原來還需要向會長請示？」

「基本上我決定就沒問題了，但還是有必要讓會長知道一下。你稍候片刻，我只需要打通簡短的電話。」

麥斯克站起身，朝靠近內門的牆角走去。艾洛這才注意到那裡擺放著一張高腳桌，上頭置著一具電話。

艾洛將注意力從麥斯克身上轉移開。麥斯克背對著他，說話音量不大，但他從來不喜歡去細聽別人講電話的內容，即使對方不介意讓人聽見。

他從沙發上起身，舒了舒僵硬的筋骨，往一旁的展覽架走去。

雖然進入面具博物館已有一段時間，他仍無法適應這面具森林所散發出來的氣氛，無數的假面猶如沉默的臉龐，從軀體上切割下來，製成標本擺在架上，於死寂感中卻又瀰漫著陰森的生者氣息。

艾洛步向夾在兩排展覽架中的走道，往前望去，大門在走道盡頭的偏左處，從這裡看不到，只能透過玻璃門感受到濃濃的夜。雨早已停了，萬籟俱寂。

不，似乎有某種聲響。

前幾排架子的某處傳來摩擦聲，他豎耳細聽，才恍然辨別出那是腳步挪移聲。

他定立不動，往聲響來源望去，似乎是在右排架子的前方。

所有面具都是以背靠背的方式擺在展覽架的每一層上，就如同圖書館的書架，可以從書架間隙望見站在好幾座架子前的人。透過面具與展覽架的空隙望去，視線突然與擺在架上的一副白骨骷髏假面交疊。他微微吸了口氣，避開空洞的凝視，再往空隙的更前方望去。此刻，他很確定聲響來源處立著一道人影，從展覽架的縫隙隱約可見支離破碎的黑色影子。

他回頭一看，麥斯克仍背對著他通話中；當他再轉頭時，遠處間隙裡的影子已然消失，然後傳來玻璃門急開的聲響。

4

沒有多想，艾洛本能地挪動腳步追了上去。他快速推開大門，只瞥見一道身影奔上斜坡，然後在黑暗中消失了蹤影。

正當他打算奔上坡道時，背後傳來麥斯克的呼喊聲，他轉過身去，面具館主人行色匆匆地推開大門，出現在他面前。

「發生什麼事了？」

「有人偷偷潛入，然後溜掉了。」

麥斯克皺起眉頭，「是什麼人？你有看到臉嗎？」

「沒有，他躲得很好，也溜得很快。可能已經躲了好一陣子，那扇玻璃門開關都沒有聲響，對方可能趁我們談話時溜進來。」

「我看應該又是另一個想偷面具的人。」麥斯克露出厭惡的神情，「門上的掛鈴剛好壞了，我真該把門上鎖的。我們進去看看有沒有少了些什麼。」

他們走回展覽廳。

麥斯克說：「我檢查右排，你幫我看左排，看架子上有沒有空的位置。」

「好。」

艾洛從最前面的展覽架開始找起。面具擺放得相當整齊，少了一副很容易就可以看出來。沒過多久，前面的架子檢查完了，他便繞到展覽架的另一面查看，如此看了兩三個架子，直到他發現自己來到展覽著各式惡魔面容的架子。

很快地，他注意到米諾陶與滴水嘴獸之間有個空位，他走近一看，架緣上的標籤寫著：阿斯摩太（Asmodeus）。

這是哪一副面具呢？艾洛搜尋著剛剛經過此處的印象。雖然只是匆匆一瞥，但只要是造型特別懾人怪異的，他應該會記得。這麼說來，好像……

「找到了嗎？」麥斯克的聲音傳來。

艾洛轉頭一看，麥斯克站在走道邊，望著他；稍早之前，他就是停留在這個展覽架前，轉頭發現戴著白色假面的麥斯克。這一幕場景彷彿歷史重現，而當時的心理感受也猶如錄影帶倒帶般浮現出來。在那一瞬間，他看到了某個影像，某個在記憶中快速掠過的瞬間，但它確實清楚顯影了。

他記起那副面具了——有著火紅色臉龐的假面，太陽穴長著兩支往內彎曲、有著螺旋花紋的角，細耳、粗眉，臉龐嚴峻，散發著厚重的邪氣。

「是這副被偷了。」艾洛指著面具原本擺放的位置。

麥斯克靠了過來，眼裡閃過一絲惱怒。「原來是這個。」

「很值錢嗎？」

「這是我自己手工製作的，算是比較好的作品。」

「是不是得報警？」

對方沉默好一陣，然後回答：「我不想跟警察扯上關係，從來就不喜歡警察。祕密會社的成員還是不要跟警方有所接觸才好。」

「他們不可能發現吧？只是報竊案的警而已。」

麥斯克沉吟，「一切總得小心。」

「你不想要回面具嗎？」

「……有些面具是做成對的，這個阿斯摩太面具還有另一副，收在裡面的工作室，不打緊的。」麥斯克看了一眼大門，「看來我下次得把門鎖緊，今晚是我疏忽了。」

既然對方寧願失去面具也不願報警，艾洛也不再追究這個問題。他望著失竊面具的空位，開口問：「阿斯摩太是什麼？」

麥斯克沒有直接回答，他用眼神示意艾洛回到沙發邊，自己便先走過去。

兩人重新面對面坐下後，展覽館主人開口道：「阿斯摩太是出現在許多典籍中的惡魔之王，比如說猶太教的經典《塔木德》或次經《多俾亞傳》。他是七原罪中掌管色慾的魔神，也是九層地獄中的王者，法力高強，有『惡靈之首』、『地獄之王』、『淫慾公子』等別稱。關於他的形象有很多描繪，我做的那面具是其中一種。另外在柯林・普蘭西的《地獄辭典》中，他被描述成是有著人類的上半身、雞腳、蛇尾，並有著三顆首級：噴火的人頭、羊頭、牛頭。他騎在一隻有著龍頭與龍翼的獅子身上，手中握著一把長矛。上述他身上的這些動物都是與色慾或復仇有關。」

「聽起來不是個讓人感到愉悅的人物。」

「當然，阿斯摩太是很有名的惡魔，連電玩遊戲中的怪物都以他為模型呢。」

「看來這名竊賊對惡魔面具有著莫名的偏愛。」

「不會再有下次了，我會嚴格檢查大門的上鎖狀況……對了，我跟會長談過，他很歡迎你加入，我想整件事就這麼說定了，你簽一下合約吧。」

「好。」

艾洛在一式兩份的合約上簽名後，麥斯克拿走其中一份。

「差點忘了一件事，」麥斯克說，「會費每個月三百，這是會館場地清潔費還有一些零星的材料費……應該能接受吧？」

「當然，錢是很重要的。」他從皮夾掏出三張百元鈔票，遞給對方。會費並不貴，應該足以證明這不是個騙財騙色的組織。至少他心中是這麼想的。

「很高興你成爲『假面之夜』的一份子，明晚就是集會時間，你能來吧？」

「一定。」

「那請你八點半在凌園大學後門的銅像公園入口等待，我會開車帶你到會館。」

「我需要準備什麼嗎？」

麥斯克微笑，「什麼都不必，帶著愉快的心情即可。」他莫測高深地又補了一句：「澡也不用先洗，會館的房間都是套房。」

艾洛淺笑以對。

「有些小細節明天上車後再告訴你，我給你我的手機號碼。有問題隨時跟我聯絡。」

艾洛將麥斯克的號碼輸入手機後，便起身準備告辭。當他從沙發上站起來時，視線又觸及牆上那副淌血的棕臉面具。

「對了，」艾洛開口道：「你身後那副面具應該有個名字吧？看起來很特別。」

「哦，那只是擺飾品，是我很喜歡的作品，叫做『死亡之夢』。」

「原來如此，」艾洛點點頭，「那我先走了。」

「不送。」麥斯克那張被落腮鬍淹沒的臉再度浮現微笑，「明晚見。」

艾洛走向大門，穿越面具叢林，意識到眾多假面的視線在他背後燒灼。腦海中突然浮現阿斯摩太如火焰般的猙獰臉孔，惡魔的眼神深邃而陰沉，令人無法直視。他抹掉影像，步入夜幕。

* * *

那晚艾洛回到住所後，雨又如淚水般潰堤。他在租住的小房間內按開昏黃的桌燈，再次展讀麥斯克給他的會社規章。滂沱的雨勢震碎夜的沉寂，牆上的人影伴著他，靜默不語。

他把規章再快速讀過一遍，確定自己都記住重點後，便把它丟到一旁，揉揉酸澀的雙眼，陷入深思。今晚的一切再度讓他感到不可思議：詭異的面具館、神祕的會社，還有……還有什麼？他的思緒突然轉到那個偷面具的人，憶起他在前往面具博物館之前，那個路燈底下忽然出現又消失的人影。

難道……當時看見燈下有人影並不是他的錯覺？那道人影就是後來偷走阿斯摩太面具的人？這麼說來，這個人始終在跟蹤他？

他搖了搖頭，並無法確定是否如此。總之，的確有名竊賊偷走了面具……

但這不重要。艾洛開始在腦中揣想明晚集會的情境。那些戴著面具的陌生人，閃著光澤的撲克牌，朦朧的大廳，瀰漫著情慾氣息的雙人套房……明晚將與他共枕的人是什麼樣的女人？又戴著什麼樣的面具？他發現自己的胸口熱了起來，窗外的冷夜逐漸消融，他的面頰發燙……

在進入夢鄉的那一刻，他突然有種奇怪的感觸，彷彿自己即將踏入一個死亡的夢境，一個縱使太陽穴滴淌著鮮血，卻仍能露出愉悅笑容的夢。

5

那座銅像在月光之下顯得寒傖，它站在台座上，兩手拄著一把手杖，圓禿的頭頂反射出光芒，與嵌在地面下的燈交相輝映著。

銅像主人有著一張嚴峻的臉龐，一對刀型眉橫在雙眼上方，目光銳利異常，他的嘴唇緊閉，抿成一線，頂上是直挺的鼻樑，流露出堅毅的氣息。

沿著廣場輻射出的步道林列著其他銅像，這裡是凌園大學的後山，爲紀念學校創立者——許凌園，校方在此闢了一個銅像公園，讓他與其他世界偉人一同被世人瞻仰。

此刻，偌大的公園中不見任何人影，冷風颼颼，空氣陰冷，下午剛下過一場大雨，寒溫讓年輕學生們都滯留室內，不願外出。艾洛在廣場中心徘徊，往凌園山的方向望去，碩大的山影聳入長空，稀微的一點月光被雲吞噬，只剩廣場的照明燈孤獨地描繪著他的身影。他吁了一口氣，往公園入口方向望去，馬路上還沒有任何車輛的蹤跡。

今天一整天他都心神不寧，一想到隨即到來的夜晚，便無法壓抑心情的浮動。陰冷的天氣讓他不想出門，只好窩在房內。爲了轉移注意力，他從書架上拿起一本不久前購買的懸疑小說，開始從頭讀起。那是一樁以雨夜爲開場的連續殺人案，他很快地被詭譎的氣氛捲入，亟欲知曉劇情發展。戴著面具的冷血殺手不斷襲擊，被害者一個接一個，他則是一頁翻過一頁，直至結尾眞凶現形後才從故事的漩渦中脫出，當他掩卷之際，已是薄暮時分，連午餐都錯過了。艾洛吐了一口氣，放下書本，舒展筋骨，瞥見放在床頭的手機，他走過去看了一眼。有六通莎美的未接來電。

早上忘了將震動模式取消，也罷，他並不想接她的電話，他對她厭倦了。他們說好要一直維持那樣的關係，她一開始妥協，卻不斷地想要改變關係。他始終無法明白那女人對他的情感，他絕不相信那是愛情，因爲他不相信愛。

沒有用的。他們之間的連結注定只有肉體關係，他們的心像是兩座孤島，而他永遠不可能往其他孤島架橋。

需要新的體驗，是時候了。

他起身前往銅像公園，在無月之夜中漫步，排成一列的銅像就像被石化的士兵，在半明半暗中蟄伏著。這列銅像後邊不遠處就是馬路。

艾洛瞪著那些銅像，突然想到面具。它們同樣都是乍看之下死寂，實則潛藏著生命力的存在物；它們是另一種形式的生命，它們能思考……

某座銅像的身軀忽然晃動了一下，彷彿有人在搖晃黑暗的簾幕，他的身子瞬間凍結，打了個寒顫。他不敢置信地望著前方，想要再次確認雙眼所見，但台座上的銅像屹立不動，上半身罩在濃暗之中。

這時，一道光亮從銅像身後閃現，速度迅疾，飛快地往右手邊前進，閃過每一座銅像之間的間隔，令他的雙眼一陣迷眩。

那是汽車的車燈，他很快地回過神來。

燈光在公園入口處停了下來，艾洛快步走過去。一輛黑色轎車停靠著，副手座的車窗降下，他瞥見麥斯克在駕駛座上，用眼神向他致意。

艾洛打開車門，坐了進去。車內的暖氣驅走了寒冷。關上門後，車子並沒有動作，而是停留在原地。

「會館距離這裡不遠，」麥斯克單手握著方向盤，望著前方說：「有幾件事交代一下，你再騎著車尾隨我到會館。」他右手遞出一個白色提袋，「你清點一下裡面的東西。」

艾洛接過袋子，將封口拉鍊打開，首先映入眼簾的是昨晚麥斯克拿給他看過的厄洛斯面具。

「從今以後你就是新的厄洛斯，遞補退出的厄洛斯。一到會館就把面具戴上。」

艾洛點點頭，觸摸著那副精緻的套頭面具，意識到厄洛斯空洞的眼神即將與他合而爲一。

「裡面還有一副眼罩型面具，」麥斯克繼續說，「你可以拿出來看看。」

艾洛抽出一副黑色眼罩，摸不出材質，只覺得相當細薄且柔軟，他聯想到蝙蝠俠電影中助手羅賓所戴的「面具」。

「這是要做什麼用的？」

「你必須先戴上它再戴上厄洛斯面具。這麼做的用意很簡單：當你跟你的女主角進房間開始享受美好的夜晚時，你可以脫下外面的面具，但保留眼罩。在你不想讓自己的眞面目曝光的前提下，可以這麼做。我想沒有人會想跟戴著套頭面具的人做愛吧。」

「一定得戴著眼罩嗎？」

「不，進到房間後要怎麼做是雙方的自由。套頭面具的作用是玩撲克牌遊戲時不致被看穿身分，眼罩的作用是保障床戲時不會洩露身分，且又能保持視覺上的美感。如果你覺得套兩個面具不舒服的話，而你又不想讓對方看到你的眞實面目，也可以進房洗澡後再將眼罩套上。自己彈性運用吧。」

「我了解它們的作用了。」

「袋子裡還有一件斗篷，也是用來掩蓋身分的，進入會館前穿上，直到進房間。」

那是一件黑色長斗篷，艾洛想像自己披上斗篷的模樣，彷彿是異教的邪靈。

「至於手電筒是送給你的，徒步前往會館時需要照明。」

袋中有一把中型紅色手電筒。

「裡面還有一個徽章，是你的識別證。」

艾洛掏出一個圓形徽章，是做成白色的假面造型，背面印了個號碼：３７。

「帶在身上，萬一要驗證身分時再拿出來即可。」

「了解。」

「最後是你的磁卡。」

那是袋子中的最後物品，一張白色的卡片，上頭有招牌的白色假面，背面則展列著黑色的條紋。

「這是要進會館的磁卡，」麥斯克解釋，「類似打開房間的鑰匙。你應該住過用卡片刷卡入房的飯店吧？就是那種設計。到了會館大門，將卡片插入門上的感應孔，即可進入。」

「只能用一次嗎？」

「沒錯，下次集會用的卡片會在前次集會中發給成員。」

「爲什麼要這麼麻煩呢？」

「不這麼做的話，會員隨時都能進入會館，那裡可不是免費的旅館。」

「有道理。」

「磁卡會放成一疊擺在集會的桌上，你跟女伴進房前再拿。記得一定要從最上面那張開始拿。」

「哦？」

「磁卡中會有一張圖案不太一樣，由阿斯摩太的臉取代白色假面的圖案，這代表拿到這張磁卡的人是下一次集會的莊家。」

「我了解了，所以不能挑卡片拿。」

「嗯。最後要注意的是離開會館的時間。隔天早上九點前必須離開會館，超過時間兩次的話將被取消會員資格。」

「這個我記得，規章中有提。」

「那好，我要說的事都交代完了，你上機車，然後跟著我的車。」

艾洛提著袋子，下了車，走到銅像公園的路旁，上了自己的機車。沒多久，他的車燈便切開黑暗，追在麥斯克之後。

夜幕之下，兩部機器以不疾不徐的速度往森林中推進，慢慢深入凌園山。

在冷風的吹拂中，車子已經爬坡一段時間，道路愈來愈狹窄，四周的樹林也愈來愈濃密，到這裡已經沒有任何燈光，除了車燈。

麥斯克踩下煞車，車身戛然停止，接著他降下副手座那側的車窗。艾洛往前騎，靠到車門近旁。

「看到外面那棵樹嗎？」麥斯克問。

艾洛往右望去，一株巨木立在右手邊，隱約可見中間有一個很大的樹洞。

「看到了。」

「你把袋子裡的手電筒打開，往樹林附近照看看。」

艾洛依言，中型手電筒的光束切開黑暗、照亮地面，朦朧中可看到一條小徑經由巨木旁往森林深處延伸。

「從那條路往內走，不用多久你就可以看到會館。每次來的時候，你把交通工具藏在森林中，再走過去就可以了。」

「好像都沒有看到其他人的車子。」

「會員們為避免碰面，會在森林隱密處自己找停車的地方，也有人是從另一邊的入口進入。重點是要記住會館位置，不要迷路即可。」

「我知道了。」

「把面具跟斗篷穿戴上吧。」

在艾洛著裝時，突然聽見遠處傳來微弱的機車聲響，他停下披戴斗篷的動作。聲響停了。

「會員陸續抵達了，」麥斯克說，「動作快點。」

艾洛把面具戴上。

麥斯克繼續說：「進入會館後在大廳自己找位置坐下，等候莊家招呼。剩下的，你就自己體驗吧。」

「好。」

艾洛把機車靠到路邊，麥斯克打了個手勢後，將車子滑到前方的空地，迴轉，然後循原路駛離。

他看著麥斯克的車燈遠去。燈光消逝之後，他跨上機車，開始尋找停車之處。

艾洛騎著車在附近迴繞，最後將機車停靠在不遠處的一株樹後方，收好安全帽、上了大鎖後，他將手電筒光束打向樹林深處，回到剛剛麥斯克指引的小徑入口。艾洛沿著小徑行走，兩副面具的束縛令他覺得視野被限縮，黑暗在眼前不斷擴展開來，又不斷地被掃開，他覺得自己像名夜賊，披著夜幕，準備去掠奪珍寶。

就在他抬腿要跨過一株橫倒的小樹時，他聽見了某種聲響。

艾洛定立當場，抬起的腳又放了下來，手電筒的燈光凝結在前方，而他豎耳傾聽，只聽見沉重的沉默。

那聽起來像是短促的尖叫聲，無法分辨男女，彷彿一把短刀在瞬間撕裂了黑暗的布幕，然後又沉入海中。

沒再有其他聲響。是他聽錯了嗎？不，他確實聽到了。

艾洛用手電筒掃射一遍週遭環境，除了樹還是樹。

驀然，腦海中泛起昨天路燈下的那道人影，以及失竊的阿斯摩太面具。

難道……

他再度擎起手電筒，往週遭照射。

只有樹影。

他輕輕吁了口氣。在這種極度黑暗的環境下，總是會變得特別敏感吧？沒有必要把任何異象都連結到昨天的事。他這樣告訴自己。也許只是某種小動物的聲音，不需要大驚小怪。

他決定不再追究，繼續沿著小徑前行。

約三分鐘過後，前方出現燈光，那是暗紅色的光芒，灑落在地，令他聯想到乾涸的血泊。

就在艾洛欲往燈光處走去之時，他無意間從手電筒掠過地面的光線看見某樣東西，他懷疑自己是不是看錯了，便停下腳步。

在左腳邊的泥土地上躺著一張白色卡片，他把燈光打上那張卡片，一張假面具映現在上頭，他皺著眉頭彎腰拾起卡片，將其翻轉到背面，上頭有著黑色長條紋，很像車站刷卡的辨識碼。

這似乎是另一張「假面之夜」會社的磁卡。爲什麼會掉在這裡？

艾洛端詳了卡片半晌，最後決定將卡片收起來，他把它塞入提袋中。

繼續朝前方光源處走去，他知道終點到了。

眼前是一塊林間空地，矗立在空地上的是一棟平房，大門前有個台階，門口兩邊各架著一盞燈，那是看起來像火炬的造型，暗紅色的燈光便是從裡邊射出。

艾洛走近門口，仔細端詳這棟建築，它似乎是圓形的構造，原本他想繞著建築走一圈，但深怕耽擱時間，便打消念頭。他關掉手電筒，放進提袋，再拿出鑰匙卡片。厚重的雙扇門上有個插槽，他將卡片插入，接著聽見一聲彈響。

艾洛深吸了一口氣，將門推開。就在那一瞬間，背後傳來腳步聲。

他猛然回身，呼吸短暫停頓了零點一秒。

站在他面前的是另一名套著黑色斗篷的人，臉上同樣戴著面具。

6

莎美的心情很惡劣。

她在早上九點時撥了通電話給艾洛，他沒接，她又撥了一通，仍舊無回應。艾洛的手機有時會調震動，但也有可能是他故意不接。

她知道艾洛最近不對勁，她知道他的心始終不在她身上，但至少以往在做愛時，她還能感覺到他的靈魂投注在這個生物性的動作上。但近來，連做愛時他都靈魂出竅。

他對她倦了。

打從看到他的那一天起，她便知道自己愛上了這名男人。他憂鬱，無精打采，消極，對人生抱持灰暗悲觀的態度；他淨讀些跟死亡、殺戮、痛苦有關的文學作品，動不動就喜歡援引艱深難懂的哲學理論；他憤世嫉俗，頹廢，生活一團亂。他的背景是灰色的。

她不贊同他的生活方式，她厭惡他的價值觀，她無法忍受他的信念與想法。

但她就是愛他。

她愛他眼裡的那抹灰，她愛他削瘦臉頰上的漫不經心，她愛他闡述他極端想法時臉上那股討人厭的自信。

但她眞正愛上他，也許是從課堂上的那次口頭報告開始。

那堂課是西洋文學經典選讀，開給碩博班的學生選修。修課的人幾乎都是碩班學生，包括她自己，博班學生只有兩位，其中一個是艾洛。但在艾洛上台報告之前，她根本沒注意過他。

教授要求期末報告時，每個人必須挑選一本作品做口頭報告，然後再呈交書面報告。當時艾洛挑選的是喬伊斯的《尤利西斯》。

《尤利西斯》不是一本討人喜歡的書，它的偉大無庸置疑，但它的晦澀難懂以及文詞運用方式讓人無法打從心底愛上，至少這是他們系所上的共識。因此當艾洛上台報告這本書時，所有人都瞪大了眼睛。

這是莎美第一次注意到他。艾洛用自己的方式詮釋了經典，他在台上說話的模樣有一種冷調的自信，他的論點偏激難以令人接受，而他的演說則將重點放在作品中的情慾描寫方式。

更令人咋舌的是，艾洛竟然在報告中插入了撲克牌魔術表演，藉由紙牌的消失與出現來詮釋書中的許多隱藏意境，讓在場所有人——包括教授——驚愕無比，他們從來沒有想到書中的某些涵義可以用魔術的方式來解讀。莎美後來才知道，艾洛是魔術社的成員，這項嗜好與他的圖像搭不太起來，而他就是這麼一個怪人。

她對這名男人的圖像一開始感到紛雜，但有一種強烈的魅力，就是這種難以解析、釐清的吸引力讓她對他著迷。

她試著去接近他，他沒有拒絕，然後他們發展成現在的關係。

艾洛不相信愛情，這或許跟他過去的情傷有關，她不知道他遭遇了什麼事，因爲他始終不提，但她可以肯定他的想法是錯的，而她想要改變他。

他願意跟她交往，但必須維持純粹的肉體關係，她答應了，這樣的關係持續超過了半年。

在這半年中，她一直努力想跨過他設下的那道防線，但沒有一次成功。他始終冰冷、淡漠，只有在與她融爲一體時，她才能感受到他的熱情，但那種熱情是純粹動物性的。激情過後，冰霜便再度覆在他身上。她知道，他們的肉體沒有距離，但是心並不是相連在一起的。

他們每個禮拜見一次面，做一次愛——有時不只一次。地點總是在她的房間，他會在固定的時間來找她，有時候做完了就離開，有時候睡到隔天早上才走。他不會有多餘的話語，偶爾跟她聊聊，也都是她先帶起話題。他話很少。

她試著約過他出去吃飯，有幾次他答應了，但他的注意力始終不在她身上，彷彿兩人身處在不同的次元。

莎美不能明白他如何能對她視若無睹，他的眼神愈淡漠，她心中的情感就愈強烈。她能忍受他的沉默，但當肉體關係——他們之間唯一的連結——都崩毀時，她便知道她有可能再也抓不住他了。

熬過白天的課堂後，回到住處已是晚上六點。她迅速洗了個澡。

坐到床邊，莎美低頭看著手機，又撥了一次電話。沒人接。她抬頭看向窗外，外頭灰濛濛的，隱約傳來雨聲。

她突然想起昨晚那件事。她看了一眼床頭櫃，意識到自己的愚蠢，然後陷入沉思。

心中有一股火燄燒了起來，在她的胸口擴散。

不行！她要去找他，無論如何都要見他！

她不知道見了他之後該怎麼做，但她不管，先見到他再說。

她知道艾洛的住所，但不知道他住哪一間房，也不知道如何進到大樓內。她決定先出門。

莎美站了起來，開始換衣服。著裝完畢後，她把手機、摺疊式雨傘還有其他物品塞進紅色包包裡，斜揹上肩，然後走出房間。

走下了一連串的階梯，來到外頭，雨已停歇。她從大樓一旁的車棚中牽出自己的機車，戴上安全帽、口罩、手套，接著騙車上街。

穿過了好幾個街口，她望見「星夜」咖啡店的招牌，猶豫了一下，然後把機車停到店門口。她知道艾洛常來這家咖啡廳，在這種陰鬱的天氣，也許他會在裡頭逗留也說不定。她決定賭賭看。

走進店內，櫃檯後一名長髮的年輕男子哼著熟悉的樂曲，擦著杯子。店長似乎不在，那人也許是助手吧。另有幾名女孩在幫忙店務，應該是工讀生。

莎美環視裡面的客人，沒有艾洛的蹤影。她注意到通向二樓的階梯，於是走了過去，快步上樓。艾洛不在二樓。

她立刻下樓。男子看了她一眼，便轉頭繼續他的工作。她出到店外，再度跨上機車，目的地是艾洛的住所。

有一次他們兩人去吃飯，艾洛騎機車載她，回程時她表明想知道他住哪裡，要他帶她過去看看。一開始他不肯，但在她執意堅持下妥協了。那是一棟混合式的住宿大樓，離凌園大學不遠，事實上，也離莎美的住處不遠。雖然只去過一次，但她已經把路線記下。

沒過多久，她已經來到艾洛住的地方，她在路邊找了個空位停車，然後走向大樓的門口。

門後有一個小庭院，建有車棚，她在門邊探頭觀望，瞥見艾洛的黑色機車在車棚內，這麼說來，他應該在房間內。該怎麼叫他出來？

她從包包內摸出手機，按下撥號鍵，然後輕輕甩開額前的頭髮，將手機貼到左耳上。

「您撥的電話無人接聽，請……」

她放下手機，惱怒地抬頭向上望，樓高四層，無數的窗戶展列眼前，他的房間是哪一間？

她沒有大門鑰匙，無法進入，就算她能通過大門，也無法找到他的房間，唯一能依靠的手機又一直沒回應。

不管怎麼樣，她都一定要見到他，她無法再忍受現在的狀況了。

莎美瞥見街角處有家咖啡廳，黃亮的招牌在漸暗的天幕下格外顯眼；她注意到從二樓的窗口能看到這棟住宿大樓的門口，那也許是個好地點。

她往咖啡廳走去，進了門，點了杯焦糖瑪奇朵，付了錢，然後往二樓上去。店內客人不多，她沒有分神去注意人群的組成，便逕自走到窗邊坐下。

從整片的玻璃窗望出去，艾洛所在的大樓就在斜對面，有誰進出都能看得一清二楚；從這個角度甚至還能望見裡邊的車棚，如此一來，如果艾洛要出門，走進車棚的話，她也能看得見。這是個絕佳的監視地點，無論如何，她決定持續等待，直到艾洛出現。他總得出門吃飯吧？她相當清楚艾洛不是那種會自己下廚的人，也不是那種會略過晚餐不吃的人，所以他必定得出門，只要他一出門，她就攔下他。

但如果他房間內有囤積糧食的話，也有可能就眞的不出門了。她決定再賭賭看。

莎美啜飲著杯中的飲料，眼神關注著遠方，她看了一眼手錶，六點鐘。

時間就這樣慢慢流逝，濃墨灑下，徹底染黑了大地，空氣中帶著一股溼氣，連置身室內的她都感受得到，或者是她的錯覺？但天氣的確是陰鬱的。

她焦慮的手指緊抓著手機，忍不住又撥了一通電話，沒人接。

有人走過她身邊，在一旁的桌子邊坐了下來；服務生的影子掠過眼角，帶著香氣的微風拂過她的面頰；有人起身，再度走過她身邊；混雜的腳步聲此起彼落，街上的車燈一來一往。她靜靜坐著，胸口始終充塞壓抑的波動。

接著，她看到了。

她看到在玄關的燈光下，一道身影步出，那熟悉的背影穿著黑色羽絨衣，關上門後，步向車棚。莎美沒有遲疑，快速抓起放在椅子上的外套，奔下樓；途中差點撞翻服務生手上的杯子。她沒有回頭。

來到外頭，一輛轎車呼嘯而過，她不顧揚起的灰煙，迅速穿越馬路，奔向她停靠在路邊的機車。當她戴好安全帽時，艾洛那輛黑色機車已經躍入夜幕。

莎美發動機車，跟了上去。這條道路車流量不大，她試著與他保持一段距離。艾洛沒看過她的機車，應該不會起疑，但她必須小心，如果被他發現了，大概很快就會被甩開。

艾洛往凌園大學的方向騎去。離開了市區較熱鬧的地帶，騎上一條上坡道路，週遭是枝葉茂密的行道樹，凌園大學就位於坡道中段的左手邊。

學校附近的車流量不少，莎美小心翼翼地緊跟在後，保持一段固定的距離。艾洛騎過校門口，左轉，那是往後山銅像公園的路。

騎了一小段路後，道路轉向右手邊，經過一片廣場，月光下可見林立的銅像，道路經過公園後繼續往上延伸，深入淩園山，埋在廣袤的森林陰影中。

艾洛的車在公園入口旁停了下來，莎美立刻煞車，熄掉引擎，將機車停靠在路邊。她望見艾洛下了車，摘下安全帽，她也做了相同的動作。

艾洛的身影走進公園，莎美步上環繞公園周邊的人行道，然後穿越側門，進入園內。

左手邊是成排的銅像，再往前去便是入口的大廣場，她隱約可見艾落的身影在燈光中穿梭。她藉著銅像的掩蔽，走過一道又一道的銅像陰影，緩緩地往廣場行去。

艾洛在淩園大學創立者的銅像之下徘徊，他左手橫在胸前，右手托著腮，似乎在沉思，踱著漫不經心的腳步，踩過一盞又一盞埋在步道中的夜燈。

莎美站在某座銅像身後，緊盯著眼前的男人，她在心中盤算著接下來該怎麼做。

半晌後，她決定再往前靠近些。她腳步一挪，就在身子邁向下一座銅像的陰影掩蔽之時，艾洛突然往這個方向望了過來。

莎美的心頭一震，整個人快速沒入影子內，她緊縮著身子，依偎在銅像基座之後，不敢探出頭去。

就在她不知所措之際，遠方傳來車子的呼嘯聲，接著，刺眼的燈光撞破黑幕，像流星般沿著公園旁的道路飛馳。那是一輛轎車，停在公園入口。

莎美聽見艾洛遠去的腳步聲，她緩緩探出身子，望見艾洛朝車子走去，他上了車。

她繼續等。在黑暗中時光似乎流逝得特別慢，她在腦中盤算許多事，心跳因週遭的靜謐所形成的壓迫而加快。不知道等了多久，她瞥見艾洛下了車，朝他的機車走去。

莎美躡手躡腳往來時方向而去，在她還沒到達自己的機車之前，便已經聽見引擎發動，然後是揚長而去的聲響。她快步上了人行道，看見轎車與機車一前一後沒入了森林中。

據她所知，這條深入凌園山的道路沒有其他岔路，車道盡頭是登頂的登山步道，罕有人至。在這條黑暗道路上，她如果直接騎車跟蹤下去的話勢必會被發現，只得暫等一段時間，等他們走遠了再追上去。

莎美在原地等了兩三分鐘，接著她跨上機車，往山道騎去。

她的機車切開了夜，黑色的叢林包覆了她，彷彿進入了一個異度空間，空氣愈發陰冷。

上坡的路段持續沒多久，她突然發現遠處有燈光，那燈光停佇不動，她立刻意識到那是汽車車燈，看來他們停在前面。

莎美將機車彎入一旁的樹林間，停靠在一棵大樹邊，然後下了車，熄掉引擎，拉開了斜揹的包包，從裡面取出一把袖珍型的手電筒。

有帶手電筒是對的，幸好她事先料想到。

莎美穿越森林沿著道路往上走，盡量不讓自己走到道路上；由於是上坡的林地，地面凹凸不平，常常踢到樹根，或踩進坑洞，她咬著牙，放慢腳步，藉著微弱的燈光逐步靠近前方的光亮處。

就在莎美接近目的地時，前方的燈動了起來，然後是車輛移動的聲響；那燈光繞了繞，車頭面向她這邊駛了過來，就像一頭發光的機械怪獸。她趕忙沒入樹林的陰影中，那輛車子瞬間奔馳而過。是剛剛與艾洛碰頭的車子。

沒有看到艾洛騎著機車往回走，那麼，他應該是留在上面了。

她抬頭一看，突然看見一束微弱的燈光在上方不遠處晃動，那是手電筒的光線，正在往右手邊移動。那一定是艾洛。

一股衝動讓她腳步加快，右腳勾到了堅硬的物體，莎美驚呼一聲，整個人往前仆倒，一陣疼動如波濤般湧起，眼前瞬間一片黑。

她咬著牙撐起身子，望見遠處那道光凝結在原地，她捏了把冷汗，立刻彎身，藉著山坡的高度差掩蔽自己。

那光束在原地晃了晃，停下來。莎美咬著唇，聽見自己的心跳聲。

光束又晃了一圈，便繼續往前移動。莎美鬆了口氣，要繼續往上走時，這才發現握在右手中的手電筒沒了燈光。她用手指去觸摸，發現燈泡已經碎裂。方才她倒下時，右手撞擊到盤結的樹根，看來是因爲這樣而撞壞了。

莎美愣了愣，再抬頭看時，艾洛的燈光已經消失無蹤，四周一片濃暗，只有稀疏的月光篩落在地，樹影輪廓勉強可辨。

因黑暗而致的驚恐突然湧上心頭，她背脊一陣涼，雙手慌亂地打開包包，右手探進去，搜尋著手機的蹤影。沒多久，她摸出那冰涼的長方體，啓動手電筒模式，微弱的燈光照亮地面。

她深吸了一口氣，穩住情緒，思考著接下來該怎麼做。她想繼續跟蹤艾洛，但她得先回到馬路上，不然在森林中容易迷失方向。

莎美往回走，腳步放得相當慢，藉著手機的微弱光線，她很快地回到了馬路上。一回到柏油路面，她立刻鬆了口氣，意識到自己並不需要如此慌張，因爲這裡的路相當單純，只要沿著馬路走，不可能迷路的。

她必須再往上走一段路，然後右轉進入森林中，那正是艾洛消失的方向。但要在何處轉彎呢？思考了一陣，她決定先走再說。

雙眼已經適應黑暗，莎美貼著馬路右緣往上爬坡，並不時留意右邊樹林的地面，期待著能找到艾洛留下的腳印，但什麼都沒看到。

她不知道自己在黑暗中走了多久，時間概念在夜幕中似乎溶解了，她只知道一株巨木突然出現在右手邊，像張牙舞爪的怪物，她瞬間倒抽一口氣。

樹幹中間裂了一個大樹洞，就像深不可測的黑洞；視線再往下移，她注意到地面現出一條小徑的蹤跡。

莎美蹲下身子，將手機挪近草地，光線清楚照出一條狹窄的小路，上頭的泥土與雜草疑似有被踐踏的痕跡，往樹林深處蜿蜒。從泥土上的輪廓看來，應該是腳印無誤。

她沿著小徑走入，發現自己必須不時彎著身子用手機照著地面，不這麼做的話，很快會偏離路徑。身邊的重重樹影被忽隱忽現的月光暈成銀白色，空氣冰冷，她的手腳也是冰冷的。

因爲光線不充足的緣故，她必須時常跟樹根以及凹凸不平的地面奮戰，但習慣這樣的模式後，腳步便愈來愈快。

過了一陣子之後，她赫然發現前方不遠處有燈光，兩盞燈火在樹林間搖曳，那是暗紅色的光線。她加快腳步往前。

前方豁然開朗，那是一片寬敞的林間空地，一棟建築默默佇立在眼前，燈光便是從門口瀉出。莎美緩步走近，帶著微微的驚愕感打量著這棟建築。

那是一棟平房，大門前有幾級階梯，門旁裝飾著兩盞火把型夜燈；抬頭一看，屋頂呈圓頂狀，很像大型的蒙古包。

莎美繞著建築走，發現它的確是環狀的。除了大門之外，另有六扇門分布在圓周上，門與門之間都有一扇窗，窗簾皆緊閉著。

她從來不知道學校後山森林裡有這種建築，從外頭完全看不出用途，如果不是燈火亮著，她或許會以為這是廢棄的山莊吧。

莎美繞著建築又走了一圈，心想著艾洛一定在裡頭，現在該怎麼辦？他在裡面……

胸中的火又燒了起來，腳步不自覺加快，疾走了一陣後，在大門前停了下來，她蹙著眉，轉動把手，用手推了推門。門聞風不動。

她見到門把上方有個方形的裝置，上面有插孔，看來沒有鑰匙是絕對打不開。

離開門前，她的思緒紛亂，完全不曉得下一步該怎麼做，只任憑著雙腳帶動，開始在樹林邊晃蕩。

莎美愈來愈心急，冷不防地，右腳踢到了硬物，不久前的天旋地轉再度重演，泥土與青草的氣息滲入鼻腔，她跌在地上，手機離手，痛楚像電流襲遍全身，牙齒緊咬著嘴唇。

她從以前就是個很容易跌倒的人，但她一點都不希望這個討人厭的缺點在今晚這種情境下一再發生。

莎美忍著痛爬起來，拍了拍身上的泥土，然後彎腰找起她的手機。眼前是一個隆起的小丘陵，四周長滿了長長的雜草，她得將手插入草叢中，憑觸覺去探索。如果她的感覺沒錯的話，手機應該是飛入了丘陵前的草叢內。

就在她試著用兩手撥開及腰的長草時，她赫然發現一件事。撥開的長草後出現了一個黑暗的空間，深入丘陵內，就像一個防空洞。更深處的內裡有微弱的燈光。

她的心臟突然怦然急動起來。這是什麼地方？為什麼會有這個洞穴？裡面怎麼會有燈光？

莎美定立原地半晌，深深吸了一口氣，然後跨出右腳，她立刻發現自己踩到了硬物。是她的手機。

她彎腰拾起它，再度藉著微弱燈光探索。

前方的燈光是黃色的，她一步一步緩慢向前，洞內的氣味很潮濕。走沒幾步，她發現燈光是從地底下散發上來的，她蹲下身子，看見地上有一塊掀開的板子，旁邊開了一個方口，底下連結著一道階梯，往下延伸，兩旁的壁面各有一盞黃燈。

莎美抿緊嘴唇，思索著這條通道會通往哪裡。答案相當明顯，一定是通往那棟圓頂建築內。如果是這樣的話，那她就可以逮到艾洛了。

她決定不再猶豫，踩穩腳步，右腳往方洞踏去，鞋底落在冰冷的石階上。雙腳都踩上石階後，她便繼續往下一階移動。

通過了十數個相當陡峭的石階，她來到底端，眼前似乎是一條狹窄的長廊，往無盡之處延伸，前面沒有燈光，僅憑樓梯口的兩盞燈無法看清前方，她只能隱約辨識出地面是平整的，而牆壁似乎也經過粉刷，這裡看來不像是單純的地下洞窟。

莎美將手機燈光舉高，深吸一口氣，邁開步伐往前走。她緩慢地走著，彷彿時間之輪放慢了轉動的速度，一切顯得遲滯。

微弱的光線持續驅散黑暗，但更多的黑暗蜂擁而至。

廊道中的空氣陰冷而陳腐，她打了個哆嗦，放輕腳步，盡量不發出聲響，但身處在空寂的方形空間中，很難不聽到自己的腳步聲。

直到她停下腳步並發現腳步聲仍持續著時，她才明白，那不是她自己的腳步聲。

有人從對面走了過來，而且速度極快。

一陣驚恐淹沒了胸口。怕被別人發現當然會引起驚慌，但不至於到驚恐的地步。她發現那是因爲那陣腳步聲除了快疾之外，還讓她感受到別的東西。

一種說不上來的肅殺之氣！

她沒有時間去思考她的感覺準不準確，猛一回身，她快速朝來時之路奔去；同一時間，背後的腳步聲也瞬間急促起來！

莎美喘著氣，來到了石階前，一個踉蹌差點摔倒；手機脫手落至地面，幾個彈跳後掉到腳邊。人的身體反應很奇怪，在這個應該逃命的時刻，她的身體卻還是本能似地迅速彎下腰去撿起手機，塞到口袋內。這使得對方與她的距離又大幅縮短。

莎美三步併作兩步跳上階梯，躍上地道入口。上半身一出了地面，突然腿一軟，整個身子趴倒在地，下半身連帶翻出地道口；在那一瞬間，她可以感覺到有一隻手抓住她的腳踝，但旋即被她踢開。

莎美感到頭暈目眩，胸口因心跳加劇而脹痛；但她仍用盡全力撐起身子，朝洞口奔跑！

衝出洞口後她被雜草絆倒，這次膝蓋撞擊到地面，劇痛襲上，想使力卻力不從心；她奮力翻轉過身子，兩手撐在身後，打算用手臂的力量將身子撐起來，但當她的視線落在洞口的那道人影時，連將身體撐坐的力量都消失了。

那個人的身形塡補了整個洞口的空缺，他高大、瘦削，低頭居高臨下地望著她。

她無法看清他的臉孔，因爲那不是人類的臉。

那張臉如烈火般火紅，從太陽穴往前探出兩支帶有螺旋花紋的彎角，耳朵尖細，眉毛粗濃，陰沉的氣息讓她聯想到撒旦。

他披著長過膝蓋的紅色長袍，上頭有著雙重衣領，第二層衣領是黃色的，帶有橫向的棕色斑紋，左右手的環狀袖口也呈現同樣的花紋。他的手套與靴子都是黑色的，猶如暗夜中的火影，全身燃燒著火燄，那對射出銳利視線的雙眼虎視眈眈地凝視著她。

紅臉惡魔的右手握著一根細長的物體，一開始她以爲是標槍，但再看第二眼後，赫然發現那是一把長矛，棍身頂端的刀鋒在月光下閃著森冷的光芒。

莎美喘不過氣來，她呈現窒息狀態，喉嚨發不出聲音、全身無力，只能瞪大雙眼，聽著自己的心跳……

死神般的影子高舉著刀鋒，朝她撲了過來。

她知道自己再也看不到明日的曙光。

7

那是一張年輕男子的俊美臉孔，眉宇之間有著一顆紅點，頭戴金冠，讓艾洛聯想到印度人。對方拖著黑色斗篷走近，面具之後的雙眼緊緊盯視著他。艾洛注意到對方手上也提著「假面之夜」會社的白色袋子。

「抱歉，我可以跟你進去嗎？」那人的聲音壓得很低，應該是刻意不讓人認出。

「你是？」艾洛沒打算掩飾自己的聲音，反正這裡應該沒人認識他吧。

「我的磁卡掉了。」

「是這張嗎？」艾洛從提袋中拿出方才從地上撿起的卡片，遞給對方。

男人接過磁卡，用略微激動的語氣說：「對的，太感謝你了！爲了這張卡片我已經在附近找了十分鐘。」

「舉手之勞罷了，我碰巧在地上撿到的。」

男子盯著他看了半晌，開口道：「新來的？」

艾洛愣了一下，猶豫著該怎麼回答。「嗯。」

對方似乎注意到他的疑惑，便伸手指了指他的提袋，說：「袋子是全新的。」

艾洛低頭看了看袋子，這才恍然大悟。

「你是暫時遞補還是正式會員？」

「正式。」

男人點點頭。接著，他右手在斗篷內摸索，抽出一張卡片，用兩手遞給艾洛。

「這是我的名片。」

艾洛注意到對方的左手腕處有著一個十字形的青色胎記。

還眞特別。他暗忖。

艾洛接過名片，上頭有一隻手機號碼跟一行電子郵件地址，名稱的部份則寫著中英文：卡瑪（Kamadeva）。

艾洛懂了。卡瑪是印度的愛慾之神，難怪他覺得對方所戴的面具似曾相識。他曾在書中看過卡瑪的畫像。不過，眼前這個人竟然特地爲自己的假身分製作名片，不得不說他的興趣眞是太有趣了。

「我只是喜歡認識朋友，」或許是再次注意到艾洛疑惑的眼神，對方解釋道，「我當然不會透露我的身分，但我們仍然可以匿名聯絡……我們進去吧。」

艾洛收起名片，轉身推開門，走了進去。卡瑪跟在他身後。

裡邊是一個方形的玄關，前方矗立著一道紅色木門。艾洛遲疑了一下，伸手打開木門。

視界豁然開朗。門後是一個寬敞的圓形大廳，圓拱形屋頂延展在頭頂上，中央處垂下一盞大型的吊燈，散發出不甚明亮但也不至於昏暗的白色光線。當他細看眼前的景象時，怔了一怔。

正前方的牆前擺著一個大型台座，上頭聳立著一座人像，成人大小，雕像的面孔是他熟識的，再次見到那張臉，讓他不禁打了個冷顫。

阿斯摩太。

紅臉惡魔威風凜凜地站立著，就像一道巨大的影子，身子裹在一件深紅長袍內，看起來很像魔法師的法袍，那雙重衣領高高豎起，與頭上的螺旋彎角形成尖銳的呼應。第二重衣領的花紋與袖口相同，都是黃底棕條紋的設計。惡魔的左手前伸，露出修長尖利的指甲，右手則握著一把金色長矛，頂端的刀鋒亮晃晃的，煞是懾人。

雕像的背後是一張王座，緊靠在建築的壁面上，椅背高聳。王座後面牆上掛著一面金色圓鐘，指針指在羅馬數字的十二跟九之上。

阿斯摩太像的面前縱向放置著一張金色長桌，兩側各有五張做工精緻的木製靠背椅，零星坐著幾個人。艾洛注意到，十個座位前的桌面上都繪製著彩色圖案，正是十副面具的圖案，每張圖案底下標示著黑色的中英文字。顯然，這是用來指出每人的固定位置。剩下的其中兩個空位正是厄洛斯和卡瑪。

「過去吧。」卡瑪輕聲說，並帶頭走了過去。

艾洛跟上對方，兩人佔了空的位置，卡瑪在前，艾洛在後。他坐在右側五張椅子的最後一個位子。

剩餘的人陸續抵達，分成兩邊的十張面具此刻面面相覷。

艾洛注意到對面的五張臉，全數都是女性的面具，看來，女性會員全在對面，聚會是採男女分坐的方式。

坐在他對面的女人臉孔，讓他差點發出驚嘆。

那是一張再美麗不過的臉，五官清秀分明、精緻細膩，金黃色的頭髮如瀑布般傾瀉而下，額頭上往右側梳攏的髮叢垂吊下四顆翠綠的寶石，就懸在右眼的斜上方；左眼上方的髮上別了兩朵鮮豔的玫瑰，點綴在金髮中格外顯眼。艾洛從來沒有見過美艷得如此驚人的面具。如果這面具眞是麥斯克親手製作的，那他眞是擁有天才般的手藝。

面具之後的那對眼睛回應著他的眼神。那是一對清澈的眼眸，有著墨黑色的瞳孔。他們視線相交的那一剎那，他覺得心顫動得劇烈。

是面具的魔力，亦或女人本身散發出的氣息令他窒息，他不得而知，他只知道，女神的氛圍從她身上汩汩流出，而他難以轉移自己的視線。

面具之後的臉孔，也是這麼有魅力嗎？

瞄了一眼她面前桌上的彩繪，雖然從他坐的方向看到的文字是倒過來的，但因爲字體頗大，所以他還是可以辨認出來。黑色字體清楚標示著她的名字：Aphrodite。他幡然省悟，這不正是希臘神話中的女神——亞芙羅黛蒂嗎？在羅馬神話中她叫做維納斯，主宰性、愛與美。她的美麗是無與倫比的。

就在迷失之際，他猛然意識到自己的凝望已停留太久，急忙別開視線，掃了一眼其他四副面具。

那四張臉孔各具特色，但所帶來的震撼均不及金髮女神。

第一位是長髮東方女子的臉孔，再度讓他聯想到印度的神祇，十分秀美，散發出妖豔的氣息，桌面的圖案昭示了她的名字：拉提（Rati）。第二位女子——爾茲莉（Erzulie）——有著一張黝黑的臉孔，鮮紅的嘴唇，長長的黑髮混雜著各色的絲帶傾瀉而下，艾洛聯想到巫毒娃娃。第三名是留著微捲棕色長髮的女子，頭上環著一圈紫色頭帶，名字叫芙蕾雅（Freya）；她穿著一件銀色洋裝，兩隻手腕擱在桌面上，擺弄著十指，指甲塗著鮮豔的紅色指甲油，艾洛注意到她的右手小指側邊有一道傷疤。最後則是另一名金髮女子——雅斯特莉德（Astrild），但臉蛋較為稚氣。

看來，這些女神的名字可能都是來自世界各國的性愛之神。她們代表了愛慾……

接著，有人開口說話了。

「今天的集會開始。」

說話的人戴著近似厄洛斯的男子面具，但五官構成略有不同，頭上環繞著裝飾有天使翅膀的頭環，名字為安提羅斯（Anteros），多半也是希臘羅馬神話中跟性愛有關的神祇。他坐在卡瑪的右手邊，看來，此人是今晚的莊家。他的聲音刻意壓低且咬字不清。

桌上擺著一副牌面朝下的撲克牌，背面圖案是紅色迴旋花紋，另一邊則放著一疊白色磁卡。安提羅斯拿起撲克牌，從中挑出了十張牌：紅心一到四、黑桃一到四，以及兩張鬼牌。他將鬼牌分別置入紅心與黑桃的牌組中，分成兩疊，各自洗牌後將其牌面朝下置於桌上，一疊靠近女士們，一疊靠近男士們。接著，他分別把兩組牌打散於桌面。

「取牌。」他說。

女士們開始於散亂的牌中隨意選取一張牌，然後擺放到面前的面具彩繪圖案上，依舊維持牌面朝下的狀態。艾洛也跟著男士們隨便抓了張牌，擺放到面前的桌上。

十張牌都被取光後，安提羅斯持續以含混不清的語調說：「翻牌。」

每個人都將面前的牌翻轉過來。艾洛的牌是黑桃四。

「鬼牌。」安提羅斯說。

「厄洛斯。」

正當艾洛一時之間意會不過來是誰說了「厄洛斯」時，他赫然發現坐在對面的亞芙羅黛蒂面前所擺放的，正是畫著笑臉的小丑牌。女神定定望著他，墨黑色的瞳孔深邃難解。

「爾茲莉。」卡瑪說。他的面前也放著鬼牌。

艾洛腦中浮現麥斯克解說過的遊戲規則。抽到鬼牌的人可以自由選擇配對對象。而現在，亞芙羅黛蒂與卡瑪不願互相配對，而是各自選擇了另外的對象。

等等……這不就代表，亞芙羅黛蒂所選擇的是——他自己？

艾洛吸了一口氣，看了一眼坐在面前的金髮女子。她突然動了起來，向後推開椅子，然後站起身。

艾洛發現卡瑪、爾茲莉也開始離開座位，他們各自從放置在桌上的磁卡堆中取走卡片。艾洛想起麥斯克說過，那是下次集會用的磁卡。他拿了一張。

亞芙羅黛蒂右手提著提袋，凝視著他，用眼神示意他跟著她走。

長桌兩側各有三扇房門，每扇房門上都掛著一副面具。亞芙羅黛蒂領著他走向左側第一間房，靠近阿斯摩太塑像那端。他聽見身後的安提羅斯說道：「點數一。」

這扇門上掛的面具是一名黑色長髮女子，面具緊緊貼著門板，頭髮像瀑布垂下，彷若眞人的髮絲亮著光澤。這副面具並非套頭面具，也沒有眼洞，女子的表情十分奇特，帶著一抹詭異的笑容。他注意到另兩扇門前掛的也是類似風格的面具。

亞芙羅黛蒂打開房門，示意艾洛先進去。

艾洛走了進去，裡面的燈是亮著的。

房間相當寬敞，進門右手邊放著一張碩大的雙人床，一對枕頭整齊地擺放其上，床組的圖案是螺旋紋，宛若迷濛繚繞的煙霧；天花板垂下金黃色的漩渦吊燈，是大廳吊燈的迷你版，射出昏黃的光線。兩側牆壁各掛著兩副面具，一副是紅色、楓葉形狀；另一副則做成展翅的蝙蝠。地上鋪著華麗的猩紅色地毯，就像一片血紅。

亞芙羅黛蒂關上房門，上了鎖與門閂，然後用手指了指床邊的一個小房間。那是浴室。對方示意他先入浴，艾洛做了個「你先請」的手勢，女人聳聳肩，提著提袋往浴室走去。門在窈窕的身形之後闔上。

艾洛的心怦怦直跳，他坐在床沿，簡直不敢想像自己置身現實。

這個夜晚就像一場夢，令人振奮的是，這只是夢的開端。

他從提袋掏出手機，調整到震動模式再放回，然後站起身，在房間內梭巡。

床頭櫃由燈光控制面板及兩個抽屜組成，他拉開最上面的抽屜，裡面放著一個開啓的盒子，仔細端詳，是一疊保險套。

床的對邊有個大櫃子，打開一看，裡頭有著空衣架跟折好的棉被；櫃子旁邊是兩張椅子跟茶几，還有一座矮櫃。

整體而言，這裡跟高級的旅館沒有什麼兩樣，不同的是瀰漫著一種說不上來的詭異與神祕氛圍。

他晃到房門對面的牆前，右側是一扇窗戶，窗簾緊閉，左側則是一扇門，上了鎖並從內上閂。艾洛掀開窗簾，望見外頭的森林，還有灑著稀疏月光的草地。

他想起會社規章的內容。這扇門是便於會社成員離開會館的路徑，可以不必經由大廳，使得六個房間成為獨立的空間，具有隱私性。

六個房間？十個人應該只用掉五個，第六個房間是做什麼用的？或是，以前的成員數多達十二人？也有可能只是單純多出來的房間，沒什麼太大意義。以建築而言，左右各三間房才能對稱，但會員數只限定在十人，自然會多出一間房了。

艾洛聽見浴室的流水聲，他轉頭看了看浴室的門，門上沒有玻璃，什麼都看不見。他的心又悄悄地顫動。

他躺到床上，閉上雙眼，感受著這一切。

不知道過了多久，浴室的門打開，她走了出來。

亞芙羅黛蒂已褪去黑斗篷，如今的她穿著一襲白色洋裝，踩在一雙銀色羅馬鞋之中，一串銀色項鍊圈在頸部，懸著一個十字架。她的身材高挑、穠纖合度，散發出難以言喻的迷人氛圍。

艾洛起身，抓起提袋，女人對他點了點頭，便走到房間角落。他進入浴室，關上門。

浴室也體面得不像話，十分乾淨整潔，是乾濕分離的設計。他把提袋放在架子上，脫掉衣服，摘下面具，進入沖澡間。

他愈來愈感受到這個夜晚的虛幻，從闖入面具博物館的那一刻起，他彷彿就跌入了一場夢，一場化裝舞會。直到今晚親身參加集會，那種不可思議感更是擴大到了極限。地處隱密的會館、戴著面具的男男女女、詭異的配對遊戲……以及即將到來的夢幻高潮。

亞芙羅黛蒂，希臘神話的性愛之神。在今晚的五名女子之中，他的眼神只落在她身上。

他無法解釋為什麼，那只是一種感覺。縱然看不見臉，但他知道面具之後所散發出的氣息，是他要的。那是一種會讓他悸動的感覺。

他馬上就可以驗證眞相，面具背後的眞相。

十多分鐘後，艾洛出了浴室，仍然戴著眼罩與厄洛斯面具。亞芙羅黛蒂坐在床邊的椅子上，交叉著雙腿，抬起頭來。

艾洛把提袋放在床頭櫃上，他不確定接下來該怎麼做。

女人從椅子上起身，走到床邊，彎身伸出右手，觸碰著床頭櫃上的按鈕。

從吊燈射出的燈光熄滅了，取而代之的是床頭上的一盞夜燈，照亮了床鋪所及的區域，柔和的光線撲在艾洛身上，他感覺到空氣中的氛圍改變了。

亞芙羅黛蒂緩緩走向他，在他面前三步之處停了下來。她緩緩伸出了右手，觸碰著戴在艾洛身上的厄洛斯面具。她的手指細長、骨感，指甲白潔。

她將指頭插入面具邊緣，然後緩緩將它往上掀。

艾洛深吸了一口氣，看著女人將厄洛斯面具輕輕扔在地上。那張臉孔就像洩了氣的皮球，皺縮成一團，茫然無神。

亞芙羅黛蒂兩手搭上自己的下顎，以同樣輕緩的方式卸下了女神的面容。

面具之下的那張臉戴著黑色眼罩式面具，亮晃晃的雙眼藉著黑色的隱蔽凝視著他，水潤並帶著光澤。她留著一頭短髮，在夜燈的照耀下，像影子的斷片，蜿蜒在她頂上。

艾洛凝視著她俏麗的臉龐，不再避開她的眼神。

她的唇角微微揚起，右手探向胸前，緩緩解開了鈕釦。

8

阿斯摩太兩手穿過女人腋下，將她往後拖行。女人的頭歪向一邊，無力地垂下，散亂的頭髮覆蓋住雙眼；紅色的皮包躺在腹部上，揹帶斜掛肩頭。

地道中的黃色燈光昏暗不明，瀰漫著陳腐的氣息。他微微喘著氣，面具的橡膠氣味反射回鼻腔。他後退走著，拖行女人一段時間後，右手邊出現了一扇門。

他放下女人的上半身，打開門，再度撐起對方，將她拖進房裡。

紅臉惡魔出了房間，關上門，從衣服內掏出一串鑰匙，將門上鎖。接著，他沿著地道繼續走，途中經過了一些房間，最後來到一個相當寬敞的空間，有著兩層樓中間鏤空的設計，正方形的迴廊可以俯瞰樓下大廳。左右廊道上各有三扇門。他打開右手邊中間的門，門後有一道樓梯，爬了上去。

踩上許多級階梯後，來到了盡頭，他兩手往天花板推，向上推開了一道正方形的木板。阿斯摩太繼續往上爬，他站在階梯的第一階，置身於一個黑暗的狹窄空間，正前方有一道光線，呈一直線矗立在前，他兩手往前推，那道縫隙往兩邊裂開，愈來愈大。他推開了兩扇門。

紅臉惡魔往前踏，出了衣櫥，然後轉身將裡邊的地道出入口蓋上，再重新關上衣櫥的門。

浴室的水聲停歇了，女子哼歌的聲響清晰可聞。

他抓起丟在床上的黑斗篷，套在身上，然後清點一下提袋裡的物品。接著他脫下阿斯摩太面具，放入提袋中，臉上只殘留著眼罩式面具。

浴室的門打開了，女人走了出來，嬌小的身軀裹著一件浴袍，她甩了甩連接著面具的棕色捲髮。女人似乎正打算開口說些什麼的時候，眼神觸及了他手上的那雙黑手套，停留了幾秒。

他進房間前是沒有戴手套的，忘了這個細節，不過沒關係，因爲他不打算脫下。

女人做了個手勢，阿斯摩太不發一語，拿起提袋，走進浴室內，關上門。

他脫下眼罩面具，站在鏡子前面，仔細端詳著自己的臉，突然發現他不認得自己，那是一張陌生的臉孔。

——阿斯摩太，我是阿斯摩太……

他低下頭，從提袋中取出阿斯摩太面具，放在掌中，看著它，那就像是一團火球，在掌心炙燒著，燒入了他的內心。

那張紅色的面孔，以空洞的眼神回望著他，他覺得那張臉很熟悉。

這副面具，才是他眞實的面貌；他原本的臉孔，才是眞正的面具。人戴著面具，不是爲了要掩飾自己的臉，而是要釋放自己眞實的面容。不戴面具的人，才是戴著面具的人。

——阿斯摩太，我是阿斯摩太……

阿斯摩太放下自己的臉，褪下衣袍，打開蓮蓬頭，開始沖澡。水流侵襲全身，但澆不熄燃燒的火燄。

他以不疾不徐的速度沖了個澡，換上一套較爲舒適的黑色衣褲，把原來的衣袍折好塞進提袋中，再把眼罩式面具戴好，出了浴室。

芙蕾雅站立在床邊，面對著他，神祇面具已被褪去，放置在一旁的矮几上；此刻她戴著一副白色眼罩型面具，雙手撐在臀部，腳踩在一雙白皙的露趾高跟鞋上，挺著身子凝望著他。女人只穿著白色蕾絲邊的胸罩與內褲，眼神與雙唇透散出魅惑之氣息。

阿斯摩太緩緩走向她，她露出微笑，視線鎖在他身上。她用優雅的姿態伸出手，探向他的面具邊緣，他伸手制止了她。

女人聳聳肩，轉而撫摸他寬闊的胸膛；他褪去她的內衣，將她按倒在床上。房內主燈熄滅，床頭夜燈繼起。

過程經歷了多久，他無法記得很清晰；比較清晰的是她的身體影像，還有她那尖細的呻吟聲，隨著他身體擺動的節奏而迴盪。她的髮梢帶著濃郁的香氣，淨白的肌膚泛紅，豐滿的胴體滲出汗珠；她的身形曲線玲瓏有致，白色眼罩面具掩蓋不住姣好的面容。他們糾纏在一起，合而爲一，他的面具在狂亂之中悄悄跌落床邊，他吻著她的唇，感受到她的喘息，他在她身上磨蹭，雙手隨著身體擺動撫觸著她的臉，順手撥去了白色面具。她的面容在夜燈下一覽無遺。

她的臉帶著愉悅的扭曲，讓他愈發狂亂，他在她之上擺動著身軀，吻像雨點般墜落，吸取著她的香氣；她的身體開始痙攣，呻吟聲改變了節奏，雙眉扭曲的角度驟變，他知道最後的時刻來臨。

就在衝上頂點的那一瞬間，她的歡愉聲劃破了靜夜，那狀似痛苦的狂喜面容觸發了他心中的那道火燄。他迅速將雙手挪至女人白皙的脖頸上，十指緊扣，泛白的關節與指尖滲入鬆軟的皮膚中。

她的臉愈發糾結，就像墜入了天堂與地獄的交界；痛苦與狂喜一同升至頂峰，鎔鑄在一起；她再也發不出聲音，雙目圓睜，帶著撕裂般喜悅的表情彷彿訴說著從來沒有經驗過如此失魂的高潮。

女人的臉變形的那刻，他達到了頂峰。火焰熾熱地燒向天際，耀眼的紅淹沒了一切。很快地，燎原之火退去，他放開雙手，凝望著對他露出扭曲愉悅神情的屍體。

阿斯摩太微笑了。

9

亞芙羅黛蒂是神不是人。她褪下衣服之前，艾洛知道她是人，但在那之後，她昇華成神。

她的唇濕潤溫暖，她的吻火候恰到好處，他們雙唇接觸的那一瞬間，時間彷彿凍結，夜的冰晶凝聚在四周，閃著暈黃的光芒，他感到迷醉。

能量透過她的吻送入他的體內，陣陣波濤拂過身軀，不過於濃烈，也不過於微弱；他接收到了她的熱，慾望燃燒了起來。

他的吻如同漩渦捲起，愈發厚重與深沉，埋入了她的唇中；他們的身體緊貼著，皮膚底下的熱流奔竄，欲衝破隔閡，躁動而不穩定。

他緊摟著她，吻不斷落下。他不認為自己吻了她的靈魂，但他的靈魂卻已出竅，化為身軀，肉體成為意志的具現，貫注於另一具軀體。

她的膚觸相當美好，全身散發出淡雅的氣味，那不是一種危險的氣息，也算不上雍容華貴，只能說與神祕感十分匹配，譜成一首奇魅的夜曲。

艾洛從她身上退開來，凝望著她的面頰，緩緩伸出手探向她的眼罩面具。她微微一笑，用右手輕輕擋住了他。

他沒有勉強她，而是趨近身子，輕輕將她放倒在床上。她俯臥著，而他開始親吻她的後頸，順著背而下，用唇體會著脊椎的曲線。然後，他看到了她背上的那片景象。

那是一幅刺青，一朵碩大的曼陀羅綻開在她的背上，喇叭狀的白花挺立著，綠色的根莖細長，尖端朝下；呈現波狀的白色花朵中矗立著花蕾，煞有豔麗之姿。

意識到艾洛的停滯，她微微側頭，唇際揚起微笑；曼陀羅配上女神的笑容，在夜燈之中更顯迷幻。艾洛伸出雙手，撫摸著那朵女神之花，接著，他彎下身親吻起那躲藏的花蕾；他探出舌尖，沿著花朵的紋路探尋，在她的肌膚上流連忘返。

夜流逝著，他倆的身形也跟著流轉。他進入她的那刻，彷彿來到了另一個世界，那是女神的場域，飄散著幽微的雲朵，流瀉著朦朧的快意，他的身軀化爲流水波動，意識在無意識中轉折，愉悅猶如狂亂的琴鍵，黑白混融的漣漪陣陣，讓他沉溺、墜落於幻夢的深潭。

她緊摟著他，隨著他的節奏吐息；她的指尖滲入他的背，尖刺的痛楚觸動了埋藏在更深處的樞紐，漣漪的波動愈形擴大。

時間與他們一同纏綿悱惻，夜幕沉默不語，只是靜靜注視，直到他來到永恆的盡頭。

最後的那刻，他釋放出了所有的自我，琴鍵轟然巨鳴之後，趨於寂滅；幽雲消散，幻夢解離，流水退去，留下他躺臥在乾涸的潭底。

她的身體燒著餘火，他癱在她身上，鬆軟無力，化爲流沙。

夜流轉幾回之後，燈火熄滅，兩人側身躺著，他從背後擁抱著她，她則將他的手拉至胸前，緊緊握住。

他們沒有說話，彷彿沉默是最好的言語，直到意識流散在黑暗之中。

當艾洛再度睜開雙眼時，房內已不再為黑暗所籠罩，微弱的光線從窗簾縫隙透入，他花了點時間才找回記憶的連結。

被褥飄散著亞芙羅黛蒂的香氣，餘香繚繞，繚繞在空空如也的床鋪上。

他坐起身子，望著女人昨晚躺過的痕跡，然後望向浴室，門沒關，不必進去也能知道裡頭沒人。艾洛掀開棉被，下了床，突然感到一切都相當不眞實。他環顧房內，所有景象與昨晚皆相同，只除了女人不在。

他檢查了自己的提袋，沒有任何東西短少，他拿起手機一看，沒有未接來電，現在時刻是早上八點十五分。他把手機調回正常模式。

亞芙羅黛蒂的提袋也不在現場，顯然已經被帶走。

艾洛迅速穿上衣服，接著到浴室內簡單梳洗一番。洗手台上放置著簡便的盥洗用具。他有種錯覺，以為自己在旅館住了一晚。

整頓好後，他拿起提袋，準備離開房間。正當他要打開通往會館外的門時，突然改變主意。他心血來潮地想再到大廳瞧瞧。

這個地方眞的是太奇異了，打從一開始，這個會社便讓他有如置身夢境之感。他想再看一眼昨晚集會的場所，昨天實在沒有太多心神細看。其他人應該都會從房間直接離開，不會經由大廳，因此不必擔心被撞見。爲了謹愼起見，他仍戴上厄洛斯的面具。

艾洛打開通往大廳的房門，悄悄將門於背後關上，昨晚的廳堂重現在眼前，幾縷光線從天上射下。他抬頭一看，才發現圓拱形的屋頂上有著一圈細長、環狀的窗戶，這是昨晚他不曾注意到的。雖然有光線，但十分微弱，因此整個大廳仍處於陰暗的狀態，他的眼睛花了點時間適應。

大廳中沒有任何人，阿斯摩太塑像聳立牆前，定定地凝視著他。艾洛避開惡魔的視線，掃了一眼長桌。

昨晚的撲克牌還留在桌上，維持昨天最後翻牌的位置，看來昨天眾人翻牌過後，便沒有人再動過這些牌。晚點麥斯克應該會來收拾吧？

他走近長桌，順手將牌收整成疊，然後整疊拿起。

他仔細端詳那疊牌。紙牌的質地相當不錯，不像是廉價的產品，這會社的一切物品感覺都相當昂貴，連會館都像高級旅館，究竟背後的創始人是什麼樣的人物？不論他是誰，鐵定相當有錢。

他發現自己對那名幕後戴著面具的人愈來愈感興趣，思緒瞬間延展開來。一個失神，手中的牌整疊滑落。一半掉落在地面上，另一半則滑進掛在左手腕的提袋中。

撲克牌的表面相當光滑，就像上了油一樣，稍微碰觸就會快速滑動。他暗自咒罵著自己的不小心，一邊蹲下身子收牌。地面的牌撿拾完了後，他再將掉入提袋的牌取出，最後將牌組歸放到桌上。

他在大廳繞了一圈，六個房間門口都吊掛著奇怪表情的女人面具，面容各異，但呈現出同樣詭異的氛圍。

就在他打算離開大廳時，經過了阿斯摩太像的面前。就在那一瞬間，艾洛突然察覺到不對勁。他轉身面對塑像。

在空曠的廳堂內面對惡魔不是一件令人愉快的事，但他的確發現眼前的塑像與他昨晚所見不同，塑像身上某個地方改變了，不，是消失了。

惡魔手中握的長矛此刻不知去向。

艾洛呆站在原地，無法理解這件事所代表的意義。爲什麼塑像手中的武器會失蹤？這是怎麼回事？

顯然有人將它取走了，是誰？不可能是會社成員，欲享受魚水之歡的會員拿走那種東西，完全沒有道理可言。難道是這個地方的主人——會社創始人？

就在思緒混亂之際，一陣音樂聲將他喚回。那是他的手機鈴聲。

艾洛迅速將手機從提袋中取出，上頭的來電顯示標明了來電者的姓名。

是莎美。

10

艾洛皺眉看著手機螢幕，沒有猶豫太久，他快步返回昨晚的房間，將門帶上，然後按下通話鍵。

「什麼事？」他問。

對方沒有說話。話筒彼端傳來陣陣雜音，像是有東西被悶住。

「莎美，是你嗎？」

悶哼聲持續著，就在艾洛欲再開口時，一陣急拉聲傳來，然後通話中斷。

艾洛滿腹疑惑地盯視著手機，立即猜想這大概是莎美賭氣的惡作劇。他將手機放入口袋。

他推開通向外邊的門，走了出去。

＊　＊　＊

白晝對他來說，不是什麼值得留戀的時刻。他喜歡夜的氛圍，夜的靜謐，夜的神祕。艾洛曾經讀過愛倫坡的偵探小說，他筆下的偵探喜歡鎮日關在大宅邸內，將窗簾全部拉上，讓室內處在完全黑暗的狀態，沉思著。偶爾艾洛也會這麼做，而這天，他就是這麼度過的。

陰雨連綿的天氣延續到前日，早上雖然沒有下雨，但天氣持續陰鬱，下午則下了場雨，室內無光，空氣中瀰漫著黯淡與消沉。

他發現自己很難靜下心來想事情，正確地說，他只能專心思考某一件事，或者說，只能專心地沉浸在某一個畫面。

亞芙羅黛蒂的臉龐像鏡影一般，不斷地在他的心牆上反射著。

他發現自己的心思完全聚焦在那名女人的身上，無法轉移，只要一閉上雙眼，女人的面孔便自動浮現。他的心眼上了鎖，鎖在她的身體上。

白晝便在浮動不安的情緒之下度過。光亮退去，夜幕再度降臨，他精神為之一振。

艾洛出了房間，下樓，跨上機車，驅車進入黑夜之內。

外頭的空氣濕冷，馬路濕滑，路上行人不多，他沿著熟悉的道路前行，沒多久便來到了「星夜」咖啡館。

店長依舊用著快活的語調招呼著他，艾洛點了一杯咖啡、一份雞肉三明治以及一碟乳酪蛋糕。蕭邦忽然用意味深長的眼神看著他。

「最近還好嗎？」

「很好呀，怎麼了，突然這麼問？」艾洛不解地望著對方。

蕭邦那對灰撲撲的眼眸直視著艾洛，像一層迷濛的玻璃。然後，他搔搔頭，揚起了微笑，說道：

「不，沒什麼，只是隨便問問……餐點馬上送上去，你先去坐吧。」

艾洛看了他一眼，然後點點頭，往樓上走去。蕭邦有時喜歡開開小玩笑，其行為舉止大可不必放在心上。

窗邊的老位置是空的，他坐了下來，往外望去，濕冷的夜空盤據在上，街道則點綴著燈花；對面的便利商店門口擠著幾個小孩在甩雨傘，又叫又跳。

艾洛吐了一口氣，往椅背一靠，右手擱在隔壁的椅子坐墊上，觸碰到了某個物體。轉頭一看，那是一疊報紙，顯然是上一名客人留下的。

他把報紙拿起來，攤開，恣意瀏覽著。平常是不看報的，不過既然拿在手中了，隨意翻翻打發時間也好。重點是，他想強迫自己暫時轉移注意力。

跳過了他不感興趣的政治新聞，來到了社會版。隨意一瞥，都是一些零星的社會案件，不是很令人感興趣，但他還是約略掃了遍內容。

其中有獨居老人死亡後被自己飼養的狗啃食的新聞，這類新聞不曉得看過幾次了，似乎每隔一段時間就會發生一次；另外，鄰縣發生的軍人虐殺女童案件有了重大轉折，原本招認的凶手翻供，聲稱是被逼供才招出不實自白，此案正鬧得沸沸揚揚。還有一則小新聞報導了某男子陳屍於斷崖下，疑似失足跌落，死亡時間正是昨天晚上九點至十點間；今早一通匿名電話通報了警方，說有人墜崖，警方才立刻趕到現場處理。地點是離這裡有四十分鐘車程的一處風景區，叫做情人斷崖。那是一處情侶看夜景的好去處，但發生過好幾次墜崖意外，即使後來加蓋了欄杆，還是有許多人爲了看風景而翻越過去。

艾洛打了個呵欠，離開了社會版，來到了地方版，當他看到某一則小新聞時，呵欠停住了。

那是一則採訪報導，篇幅很短，受訪對象的照片刊登在上面，艾洛很快認出對方。那人是麥斯克。

照片中的麥斯克一臉嚴正，落腮鬍讓他威嚴得像個國王，背景看得出是在面具博物館，而訪談的內容也聚焦在面具博物館。裡面談到麥斯克的一些背景，還有博物館的來由與特色，這些他都聽對方提過了，只除了其中提到麥斯克曾經在義大利待過一陣子，學習面具製作的技術。

艾洛放下報紙，腦中浮現面具博物館的畫面，還有裡頭眾多假面的影像，接著，又思及昨晚的集會，最後思緒遊走到今晨。

他憶起今天離開會館時，早晨的空氣讓人精神爲之一振，山林的清新氣息與宜人風景讓他猶如大夢初醒。在今早之前，他彷彿置身在另一個世界，之後，他又回到現實。

那時他往來時之路而去，穿越森林，循著小徑走著。一段時間之後，他找到了停放機車之處，穿好外套，跨上機車，往山下騎去。

林道的風景使人心曠神怡，天清氣爽，凌園山勢秀麗非常，如此美景盡在咫尺他竟渾然不知，若不是昨晚來參加了集會，他大概永遠看不清凌園山。

山雖美，卻被另一派美所掩蓋，亞芙羅黛蒂的身影悄悄浮現心頭。而她的身影，若隱若現地跟隨了他一整天。

他以爲白晝可以驅散他的遐想，他以爲早晨的空氣可以驅散昨晚的夢境，但他的注意力非但沒有被轉移，還繞回原處。亞芙羅黛蒂，亞芙羅黛蒂！

他閉上雙眼，強迫自己切斷思緒，已經太過頭了！

他嘆了口氣，將注意力放在送來的餐點之上。他伸手拿了三明治，啃了起來。食物進入口腔，饑餓感瞬間湧開來，他啜了口咖啡，感到滿足。

沒花多少時間，他便解決了所有的食物，慢慢品嚐著咖啡。酒足飯飽之際，他一邊啜飲著杯中的褐色液體，一邊往窗外看，端詳著寧謐的夜。

便利商店的自動門開啓，一名女人走了出來，手上拿了把紅色雨傘，她抬頭往天上一看，似乎在考慮是否要撐開雨傘。

她抬頭的那瞬間，艾洛看到了她的臉，他手中的杯子差點跌落。

亞芙羅黛蒂。

11

他十分相信自己的判斷，就算對方沒有戴著眼罩面具，他還是認得出來。亞芙羅黛蒂的形象太鮮明了，彷彿就刻在他的心眼之上，那臉龐的輪廓，他一輩子也忘不了……絕對是她！

艾洛猛然從椅子上起身，他一個箭步衝向樓梯，三步併作兩步飛階而下，差點撞倒正端著蛋糕上樓的客人；下了樓，奔過櫃檯時蕭邦抬起頭來看了他一眼，表情訝異，但艾洛沒搭理他，直接來到店外，眼神搜尋著女人的身影。他望見女人轉進便利商店旁的小路。

艾洛追了上去。

他來到她的後方，路上沒有其他人，兩旁是林立的建築，地上散布著水窪。艾洛保持著一段距離跟隨著她。

女人的腳步沒有特別快，她斜揹著一個紫色皮包，身穿棕色大衣，左手拿著收起的雨傘，輕快地往前走。艾洛小心翼翼跟著，放輕腳步。

過了沒多久，來到上次經過的公園，對方走上環繞公園的人行道，艾洛跟上去。

突然，對方停住腳步，然後轉過身來，艾洛也止住腳步，帶點愕然地看著她。

「你是誰？爲什麼跟蹤我？」她的聲音低沉，但十分清脆。

在昏暗的路燈下，她的唇更顯得媚惑誘人，那對眼眸明亮澄澈，彷彿能看穿他的心思。

昨夜的影像一湧而上，燒成一團火燄。

「亞芙羅黛蒂？」艾洛緊緊盯著她。

聽到這五個字，對方微微愣住，但隨即恢復鎮定。「抱歉，我不知道你在說什麼。」

「你是亞芙羅黛蒂吧？」

「我不認識你說的人。」語氣一樣冰冷。

艾洛開始懷疑自己是不是搞錯了，但她的氣息，她的輪廓，他不可能忘記的。

「我是厄洛斯，昨晚你抽中了鬼牌，我們……一同度過了昨晚。」

她停頓了一下，然後說：「抱歉，你是不是搞錯了？如果沒有其他事的話，我要先走了。」她轉身準備離開。

「等等！」艾洛叫道，「你真的不是亞芙羅黛蒂嗎？」他看著她的側臉，愈發相信自己的判斷。

她沒有答話，側影在夜幕之下像一道美麗的剪影。她斜睨了他一眼，然後轉身快步離去。

艾洛衝上前，一把抓住她的左手腕，女人驚呼一聲，甩掉他的手。

「沒錯，你是，」艾洛說，「皮膚的觸感一模一樣。」

他正面迎戰她的眼神，心跳雖然加速，但胸中的火焰卻燒出一股鎮定。

她以冷漠的表情面對他半晌，接著，冰霜突然消融，她的唇際微微揚起，但仍舊沒有答話。

艾洛往前踏了一步，靠近她，直到感受到她的呼息。有那麼一瞬間，他以爲自己的唇就要貼上她的。

女人很快後退了一步，表情恢復淡漠，但很快地，笑意又爬上她的唇際。她緩緩地說：「等你能抽到鬼牌再說吧。」

她轉身，快步離去。

艾洛僵立在原地，看著她的背影遠去，直到她消失在夜幕之下，他才猛然回過神來。

艾洛開始往前狂奔，一股力量炸裂開來。他沿著她離去的路徑追尋，出了小路之後，來到大馬路上。左顧右盼，紛雜的影像進入眼簾：拿著雨傘的零星行人，斷斷續續的車潮，漆黑的天幕與昏暗的街景……到處都不見她的蹤影。

畫面旋轉起來，明與暗混融在一起，他感到昏眩……

當雙眼再度聚焦時，他總算瞥見女人在不遠處上了一部停在路邊的計程車，車門關上，隨即揚長而去。

他衝過去，對另一輛停在路邊的計程車招手；他打開車門，跳了進去。

「跟著前面那輛計程車！」艾洛急切地叫道。

禿頭的中年司機一臉疑惑與猶疑地盯視著他的臉，直到艾洛甩了一張一千塊的鈔票過去，司機才默默不語地推動了排檔桿。

車子往前衝去，很快地便追上女人所乘坐的車子。也許是發現艾洛追了上來，前方的車子速度突然加快，像火箭一樣急速拉遠了距離，沉默的司機也不遑多讓，油門一踩，艾洛身子朝椅背衝撞。大馬路上的車子紛紛對他們鳴起喇叭，亞芙羅黛蒂的車子在稀疏的車陣中穿梭，然後拐向左邊一條道路，那是通往市郊的路。

艾洛的車子緊追在後，左轉時差點與對向一輛賓士車擦撞；司機連煞車都沒踩便急速左彎，艾洛整個人被甩到座位邊緣，身軀重重撞在車門上，只聽見連綿不絕於耳的響亮喇叭聲逐漸遠去。

這條道路上車流量驟減，兩輛車子一前一後飆衝著；這裡是直線道路，沉默的司機似乎想要超車，車速愈來愈快，快到艾洛都開始覺得不對勁了。

「等等……」他喘著氣說，「這麼快，太危險了！」

坐在駕駛座上的人沒有說話，正當艾洛要再出聲時，他赫然看到前方的景象。

「小心！」他大叫。

前面是一個向左的急彎，亞芙羅黛蒂的車子轉向不及，整輛車撞出道路護欄，瞬間翻覆在草地上。

艾洛沒有時間消化這幕場景，整個人就已經再度被甩到座椅邊緣。他乘坐的車子快速向左彎去，伴隨著煞車，車體劇烈搖晃！

突如其來的一陣天旋地轉，兩眼昏花，他分辨不清楚方位，只知道當他再度從座椅上撐起身子時，車子是靜止的。

他右手扶著額頭，剛剛的混亂當中，頭部撞擊到了車門，疼痛難當。艾洛強忍著痛，望向前座。

那人一動也不動坐著，沒有說話。

正當艾洛以爲司機受了傷時，他抬眼看到後視鏡中反射出的影像，他倒抽了一口氣。

對方緩緩轉過身來，面對著他。

那個人戴著阿斯摩太的面具，身穿紅色法袍，打扮跟他在假面會館看到的惡魔塑像如出一轍……

惡魔發出了低沉的笑聲。

艾洛的眼前一片空白，有人切掉了意識的開關。

12

他在床上猛然坐起。

窗外迴盪著雨聲，夜神哭泣了一整晚，黑壓壓的房內，彷彿無數陰影的交疊，令人感到壓迫的窒息。

他發現額上滲出汗珠，胸悶不順暢，他試著深呼吸，同時讓眼睛適應黑暗。

在黑暗的輪廓中，他彷彿能看見阿斯摩太的後像。

兩手抓著棉被，手腳冰冷，方才所發生的一切歷歷在目，因爲太過眞實，令他感到惶恐。

艾洛靜下心來，明白自己處於現實之中，剛剛的一切都只是夢境，相當眞實的夢境，但終究是夢。

他把床頭邊的手機拿起來，看了一眼，凌晨一點。他用右手撐著額頭，努力回想晚上所發生的事。

他到「星夜」吃晚餐，然後，偶然從窗外看到亞芙羅黛蒂的身影，接著他立刻衝下樓去。

他追上了亞芙羅黛蒂，一路跟蹤她到公園……對方發現了她，他叫出她的名字，但她不承認……

但他知道她是，因爲她說了那句話。

她離去之後，他才決定要繼續追去，但來到大馬路上卻失去了她的蹤影。

接下來的，都是夢境吧。他用雙手摀住眼睛，突然無法分辨虛幻與現實。

——等你能抽到鬼牌再說吧。

他彷彿能再次看到她站在他面前，用那魅惑的神情說出這句話。

艾洛抱著頭思索了一陣，嘆了口氣，躺下。他閉上雙眼，聽著雨聲，試著放鬆全身。

不知道過了多久，雨水漸歇，只徒留間或的滴水聲，他翻來覆去，輾轉反側，如此數遍之後，他再度於床上坐起。

艾洛下了床，換上外出服，披上外套，走到門邊，發現雨傘沒有擺放在原本的位置，這才想起忘在莎美家了。他從置物櫃中抓了另一把折疊式雨傘，然後走出房間。

他步出大樓，來到馬路上，外頭寂然無聲，空氣中瀰漫著溼冷。

四下望去空無一人，艾洛沿著馬路行走，只聽見自己的腳步聲。

巷道在黑暗之中像錯綜複雜的迷宮，但他熟知這一帶，偶爾拐錯幾個彎，也都能即刻修正過來。平常的話不應該會走錯路的，但此刻他心煩意亂。

過了一段時間，他來到稍早才剛經過的公園，步上人行道，環顧著四周，沒有任何人影。

艾洛佇立著，看著前方。

就是這個位置。他彷彿能看到亞芙羅黛蒂的身影，彷彿能看到她的臉龐，在黑暗中凝望著他。彷彿能感受到她的膚觸。

他深吸了一口氣，憶起了昨夜，他的靈魂眷戀著她的吻。

女人的影子散去，只留下路燈黯淡的光線。艾洛默默地注視著她曾經站立過的那個點，但她的影像不再浮現。

他在原地又停留了半晌，才邁開步伐離開公園。經過那盞壞掉的路燈時，光線再度明明滅滅，而這回，他並未發現燈下有奇怪的人影。

憑著記憶在巷弄間穿梭，沒過多久，他來到了那棟兩層樓的西式洋房前，面具博物館的告示牌就挺立在右手邊。整棟建築物是暗的，沒有任何燈光透出。

艾洛站在大門前，望見門旁有電鈴。他猶豫了一下，抬起右手，放下。一陣思索之後，他毅然決然將手指放到圓形按鈕之上，用力按下。

按了幾次後，他站在原地等待。屋子裡頭傳來開門、走動的聲響，然後是腳步聲。裡頭傳來麥斯克的聲音：「是艾洛嗎？」他這才注意到門上有個窺孔。

「真抱歉，我失眠了，只是想跟你談談，你可以拒絕我。」

麥斯克沒有答話，大門往內開啓。

「進來吧。」

艾洛走了進去，他脫下鞋子放在玄關的鞋櫃中，穿上麥斯克遞給他的室內拖鞋。裡頭是一個寬敞的客廳，幾座沙發環繞著一長方矮桌，另一側則有書櫃與電視。

「坐吧，我倒茶給你。花茶好嗎？」

「不用麻煩了。」

「無所謂。」

麥斯克走進屋子後邊的廚房。艾洛打量著屋內的擺設與裝潢，牆上掛了許多副面具，延續著面具博物館的一貫風格。

麥斯克走了回來，在他面前放了一個瓷杯，自己也端了個杯子，在他對面坐下，兩個杯子內都放著茶包。麥斯克的頭髮微亂，穿著白色睡衣褲，略微睡眼惺忪，顯然是剛從被窩中起身。

「發生什麼事了？」麥斯克問，打了個呵欠。

艾洛深吸了一口氣，啜了口茶，試著穩定心神。

「昨晚的集會很不可思議。」

麥斯克笑了，「就我所知，那是每個人第一次去之後的結論。」

「我還是無法想像有這種會社的存在。」

「它確實存在。」

艾洛沉默了半晌，「那棟會館原來是什麼用途？」

「原本是旅館，但後來停止經營。」

「會長的旅館嗎？」

「這我就不清楚了。」

「你是怎麼跟會長認識的？」

「我不是說過了？我是因爲會製作面具被網羅進來的。」

「總該有個認識的契機吧。」

麥斯克摸摸落腮鬍，凝視著艾洛。「你是怎麼了？突然這麼感興趣。」

「就是突然感興趣。」

「這也難怪，親自經歷過那樣的夜晚後，任誰都會有一堆疑問。」

「我只是對會長感到好奇，想知道是什麼樣的人會大費周章創立這樣一個會社。」

「很有想法的人。」

「你當面見過他嗎？」

「這不重要吧。」

「不能告訴我嗎？」

「你想做什麼？」麥斯克的視線突然變得相當銳利，惺忪睡眼已消逝無蹤。

艾洛別開視線，嘆了口氣，「我問另一個問題好了，你應該知道目前會社所有成員的身分吧。」

「不是每個人都知道，有些只知道聯絡方式。」

「能透露給我嗎？」

麥斯克在沙發中調整坐姿，仔細打量著他。「告訴我，艾洛，不必拐彎抹角，你到底想要知道什麼？」

「我……」他發現這件事竟然如此難以啓齒，得在腦中反覆思量才能決定是否說出。

「你就直說吧，能幫你的話，我不會有所保留，但我得先知道是什麼事。」

兩人的眼神對峙了半晌。

「……我想知道亞芙羅黛蒂是誰。」

麥斯克沒有回答，他定定看著艾洛，然後瞇起雙眼，一抹詭譎的笑容在唇際擴散開來。「所以，你跟她共度了夜晚。」

「她抽中了鬼牌，選了我。」

「維納斯的魅力是無遠弗屆的。」

「那副面具……與她相當匹配。」

「你運氣不錯，我不認為其他神祇們能比她更值回票價。」

「她住在附近吧？能給我她的資料嗎？」

對方看了他一眼，然後視線落到桌面上。「很抱歉，會員的資訊不能外洩。」

「我很想再見她一面。」

「你怎麼知道她住附近？」

「我稍早的時候在街上遇到她，她沒有交通工具，因此我猜測她住附近。」

麥斯克沉吟半晌，「太巧了……不過，你怎麼能確定那人是她？難道昨夜你看到她的臉了？」

「沒有，我是憑直覺。我的直覺並沒有錯，那女人的確是她。」

麥斯克眨了眨眼，「聽著，艾洛，不是我不幫你，但你要的資訊是個人隱私，不能透露，否則會員們何必在集會時戴面具？」

「我了解，我只是……抱著一線希望問問你。」

「真的這麼急著想見她？」

「我自己也不敢置信。」

「看來，你比我想像的還要無可救藥，你是貨真價實的詩人。」

「是嗎？」

「你要查出她的身分並不是不可能，下次再有機會時，你可以當面問她，如果她願意告訴你，那就是你們私人之間的事。」

「我不知道什麼時候才能再跟她配對，我現在就想見她。」

「我可以了解你的心情，但這件事我眞的愛莫能助，希望你能體諒。」

艾洛沉默。

「你爲什麼這麼想見她？」麥斯克問，「是爲了什麼？」

「爲了……」他眷戀她什麼？

麥斯克再度凝視著他，沒有說話，艾洛覺得對方的視線就像一把解剖刀切開了他。

「沒什麼，」他答道，一邊站起身，「很抱歉打擾你，我該走了。」

「抱歉沒幫上忙，」麥斯克也站了起來，「我送你出去。」

「不必麻煩了。」

「無所謂。」

兩人走到門口，麥斯克突然開口。

「等待鬼牌的機運，總會再到來的。」

艾洛向對方微微點了個頭，便朝街上走去。他聽見門在身後關上的聲音。

他繼續在黑夜中漫步，走進巷弄的迷宮中。

13

他坐在書桌前，望著窗外。

月亮似乎被雲層掩沒，外頭漆黑一片。時間是凌晨四點，他全無睡意。

離開麥斯克的住所後，艾洛就像流浪者一般遊蕩了許久，在巷弄中繞來繞去，最後回到住處。這個夜晚讓他感到煩躁。

當他試著要轉移自己思緒的注意力時，望見擺在桌邊的手機，然後他想起莎美。

早上的那通電話究竟是怎麼回事？

他回想起電話的內容，那時彼端傳來陣陣雜音，無法分辨究竟是什麼聲音，他隱隱約約似乎聽到悶哼聲，然後是一陣雜音，通話就中斷了。

莎美以前沒有打過這種奇怪的電話，大概是手機放在提袋中，不小心被壓到而自動撥號吧，這種狀況以前的朋友曾發生過。

如果有重要的事，她自己會再打來，不需要特別回電。

艾洛隨手抓起桌上一副撲克牌，心不在焉地做起切牌的動作。這是一副魔術紙牌，說穿了就是經過特殊設計的魔術道具，他用這副牌練習了不少撲克牌魔術。

他沒事喜歡玩玩小魔術，這門學問很有趣，他是上了博班之後才接觸的，博士班的生活很乏味，恰好班上某一位同學是魔術社團的成員，帶他去參加集社，他才陰錯陽差地加入。他並不特別熱中此道，但偶爾也會買些相關書籍來看。他不是專家，只懂得一些簡單的撲克牌戲法。

艾洛將牌攤開成扇形，最右邊一張恰好是鬼牌，上頭的英文清楚寫著：Joker。

等你能抽到鬼牌再說吧。

他嘆了口氣，把牌放下。

等待鬼牌的機運，總會再到來的。

是嗎……

他凝視著桌面上那張牌，小丑開懷大笑著。

突然，一個想法躍入腦中。

艾洛倏地起身，走到房間角落，他拿起會社的提袋，打開來。

摸索了半天，他從袋中抽出一張卡片，定睛一看，竟然是一張撲克牌，紅心七。

爲什麼袋子裡會有撲克牌？

當他瞄到撲克牌背面的圖樣時，才恍然大悟，這是集會用的撲克牌。會社的撲克牌爲什麼會出現在他的袋子裡？記憶很快地告訴了他，這是因爲他昨天早上離開會館前，不小心弄翻了桌上的牌，那些牌掉入他的提袋，顯然有一張成爲漏網之魚，沒有被他撿拾回去桌面上。

艾洛把紅心七擺到一邊，繼續往袋中尋找他原本要找的東西。很快地，他抽出另一張卡片。

那是下次集會用的磁卡，上頭有著一副面具的圖樣。

磁卡中會有一張圖案不太一樣，由阿斯摩太的臉取代白色假面的圖案，這代表拿到這張磁卡的人是下一次集會的莊家。

艾洛緊緊握著那張卡片，凝視著上頭的阿斯摩太像。

這是命運……

他的目光很快掠過桌上那張紅心七，他把牌翻轉過來，背後是紅色迴旋花紋。一道閃光貫穿腦海。

這的確是命運。

他知道亞芙羅黛蒂離自己愈來愈近了。

14

時間的流轉悄無聲息。去意識時間的推移只會讓時間過得更慢，只有當你不去意識它時，流轉才會變快。

艾洛深明這個道理，因此接下來的一個禮拜，他找了許多事情讓自己分心。

縱然亞芙羅黛蒂的身影揮之不去，他還是得盡力克制自己的期待。他試著專心寫論文、參加社團、讀書，甚至去運動，也破天荒找了幾個朋友去聚餐。他很少找朋友吃飯，但此刻他不得不試著轉移自己的注意力。

莎美無消無息。艾洛不打算去找她，結束他們之間的關係是遲早的事，他早就盤算這麼做了，但他很意外她竟然沒有繼續糾纏。

禮拜三再度來臨。

好不容易放晴幾天，接著又來個雨天，從早上便籠罩著昏暗，但幸好傍晚時雨停了。他可是很厭惡雨天出門的。

一切打點妥當後，艾洛在八點半跨上機車，往凌園山的方向騎去。天氣雖冷，他的身子卻因興奮而沸騰。

經過了凌園大學，到了山上，他在森林中的老位置停放機車。完畢之後，他套好面具，將提袋上肩，披上斗篷，打開手電筒，朝那條他永遠不會忘記的道路走去。

手電筒光線切開黑暗，讓他得以順利行走於幽暗的森林中。蟲鳴聲此起彼落，更襯顯出夜的寂靜。

他一面避開地上的水窪、一面前行，沒過多久，艾洛望見會館射出的暗紅色燈光，他加快腳步，會館很快出現在面前。

他掏出磁卡，插進大門的插槽，門應聲而開。

艾洛穿過了玄關，打開紅色木門，來到大廳。圓拱形的屋頂在頭上延展開來，垂下的水晶吊燈閃著朦朧的光暈，籠罩著威武站立的阿斯摩太塑像。

他沒有特別去觀察阿斯摩太，而是把目光移到長桌。已經有不少人到了，卡瑪轉過頭來，瞥了他一眼，又轉過頭去。艾洛在他身旁坐了下來。他掃了一眼全場。

卡瑪右邊的安提羅斯以及藍坡（Lempo）都已到席，只剩希莫羅斯（Himeros）還不見人影；至於對面，只有亞芙羅黛蒂缺席。

萬一今天她沒來，那一切就白費了。一開始自己爲什麼沒有想到這點?總是執著於眼前想要追尋的，而忽略了功虧一簣的可能性。

他試著穩住心情，將注意力轉移到其他人身上。亞芙羅黛蒂的位置隔壁坐的是金髮的雅斯特莉德，此刻她正翻著自己的提袋，不知道在找什麼東西。再隔壁則是留著棕色長捲髮的芙蕾雅，她左手托著腮，右手百無聊賴地敲著桌面。艾洛不自覺地把視線放在她的手指上，想起了那紅色指甲油，在他印象中，那紅指甲的修長手指還頗有美感。

但他看到那指甲今天並不是紅的。

也許是擦掉了吧？這禮拜也許不想替指甲上妝。當他注意到對方右手小指時，更吃驚了。

如果他沒記錯的話，上禮拜看到芙蕾雅右手小指有一道傷疤，但今天卻沒有！

正當疑惑之際，艾洛突然想起麥斯克說過的話。如果有人不克出席集會，會通知遞補名單的人前來，所以上禮拜的芙蕾雅大概今天有事吧，不然就是退會了。

那亞芙羅黛蒂呢？

她不可能退會，她說過要等他抽中鬼牌再說，那是宣戰的意味，她不會就此消失的，但卻很有可能因爲臨時有事而缺席。無論如何，他也只能賭了，就算錯過了這次，也還有下次，只是他無法忍受「等待」。

缺席的希莫羅斯到達，現在只剩下亞芙羅黛蒂了。艾洛轉頭看了一眼牆上的金色圓鐘，差一分就九點了。

他的視線離開時鐘後，很自然地往下移動，掃過底下的阿斯摩太塑像。那匆匆一瞥又捕捉到某種不對勁的影像，艾洛把視線轉回塑像身上。

他現在知道哪裡不對勁了，那把上禮拜不翼而飛的長矛此刻又回到紅臉惡魔的右手中，這究竟是怎麼回事？

在白光的照耀之下，長矛尖端的刀鋒閃閃發亮，艾洛赫然發現，刀鋒尖端漾著紅色的斑點，看起來像是……

乾涸的血跡！

他以爲自己看錯了，眨了眨眼欲再仔細端詳時，對面突然一道人影閃過，落了座。

那張臉再次出現於他的面前，就像從夢境中摘取下來一般，輪廓浮動而朦朧。

亞芙羅黛蒂頭髮上的綠寶石與紅玫瑰，配上色澤亮眼的金髮，形成了絢爛的色彩拼貼，刺激著他的視覺。那對墨黑色的瞳孔凝視著他，帶著同樣的深邃。他不確定她的唇角是否微微揚起，他只知道她的態勢從容冷靜。

沉默籠罩著大廳，艾洛一邊注視著亞芙羅黛蒂，一邊開口說：「集會開始。」

他彷彿可以聽見自己乾冷的聲音迴盪在空寂的大廳中。

艾洛伸手抓起放在桌面上的撲克牌，這些牌顯然已經被整理過了，應該是每次集會後麥斯克都會來收拾現場，就連下次用的磁卡也好端端地堆成一疊擺在旁邊。

艾洛從牌組中挑出梅花一到四，再挑出方塊一到四，最後是兩張鬼牌。他把這些牌攤開在桌面上，讓大家確認無誤。接著，他把兩張鬼牌分別置入梅花牌組與方塊牌組中，再個別洗牌。

艾洛默默進行著洗牌的動作。

一陣尖銳的聲響突然劃破寧靜，觸動空氣中的電流，豎耳靜聽，那是一陣響亮的笑聲，長長的尾音拖行著，聲調詭異，讓人不寒而慄！

所有人皆僵立當場，面面相覷；笑聲迴盪在空曠的大廳，就像魔鬼的訕笑。幾名女性會員倒抽了一口氣。

「很抱歉，」說話的人是卡瑪，他的語氣有些慌張，「是我的手機鈴聲。」

無形中緊繃的氣氛瞬間鬆懈下來，艾洛聽到有人舒了一口氣。卡瑪將腳邊的提袋拿起，打開來，慌亂地往裡邊摸索，抓出了一支黑色手機，用力按下切斷鍵，笑聲這才戛然而止。

「眞的很抱歉，我忘了調靜音，」卡瑪對艾洛說，「請繼續。」

艾洛聳聳肩，繼續洗牌。

洗完牌後，他把方塊牌組勻散在女性會員面前的桌面上，再把梅花牌組勻散於男性會員面前。

「取牌。」

卡瑪先取了一張牌，其他男性會員紛紛跟進。亞芙羅黛蒂與其他女性會員也都完成取牌動作。

艾洛根據遊戲規則，將大家挑剩的那張牌放到自己的面前。

「翻牌。」

眾人陸續將牌翻面。

艾洛將自己的牌翻過來。鬼牌。

他的視線迅速投向對面，亞芙羅黛蒂的牌是方塊三，至於拿到鬼牌的人是有著巫毒娃娃臉孔的爾茲莉。

「鬼牌請選擇。」艾洛靜靜地說。

「安提羅斯。」爾茲莉說。

艾洛暗暗舒了口氣，壓抑的焦慮與緊張在一瞬間全消逝無蹤。

「亞芙羅黛蒂。」他說。眼睛直視著她，意識到自己的語調帶著勝利的意味。

他看不出對方有任何波動，那對墨黑色眼眸仍舊凝視著他。對方站起身，迅速抽了張磁卡。

艾洛跟著起身，抽了磁卡，走向左側的房間，亞芙羅黛蒂跟在他身後，那些繼續進行配對的人被拋在後頭。

艾洛挑了跟上次一樣的房間，他打開房門，讓女人先進入。

亞芙羅黛蒂進房後，艾洛跟著進入，把門帶上。

女人直挺挺地站在房間中央，提袋輕輕摔在地上，她快速摘下女神面具，甩開一頭黑髮，黑色眼罩面具下的雙眼愈發凌厲。她緊緊凝視著艾洛。

「告訴我，」這是他第一次聽到她說出較長的句子，「你到底要了什麼鬼把戲？」

15

火焰在阿斯摩太的心中燃燒著。

他埋在拉提小巧玲瓏的胸中，恣意地親吻著；女人發出微微的呻吟聲，兩隻手臂環繞著他，時緊時鬆。

他的吻帶著烈火，燒著她的每一寸肌膚；火舌蜿蜒在女人的胴體上，劃下看不見的痕跡。火勢蔓延著，一發不可收拾，燒入他的靈魂深處。

他們糾纏，分開，再糾纏，沐浴在蒼茫的夜裡。

拉提與芙蕾雅是完全不同類型的女人，後者大膽、冷靜，極具自信，在男人面前極爲主動、頗富誘惑力；在床笫之間狂放而帶野性，是會讓男人沉迷於肉慾而無法自拔的類型。她的身材豐腴而不過盛，使人流連忘返。

拉提屬於高挑型的女人，削瘦而充滿骨感，她的鎖骨擅於鎖住他人的視線，她的眼神暗沉冰冷。對待拉提，他必須使用導引的手段，就如同一旦摸對了水閘開關，水流便會自動源源不絕地傾瀉而出。拉提也不像芙蕾雅那樣易於取悅，芙蕾雅能夠包容對方身體動作上的小失誤，甚至還會立刻主動送上更激情的回禮，彷彿以身作則似地教導對方該如何做才是正確的。但拉提只要對方一失誤，便很容易處於被動，得花加倍的力氣才能讓她重新找回興致。

對阿斯摩太來說，像拉提這樣的女人比芙蕾雅更具吸引力，因爲征服難以征服的女人才能獲得眞正的成就感與快感。

無論這些女神多麼難以對付，無論她們是多麼神通廣大的性愛之神，在「地獄之王」阿斯摩太的面前，唯有臣服一途。

他是「惡靈之首」，掌管情慾，他是「假面之夜」的主宰……他能看穿所有人的假面，但沒有人能夠卸下他的面具。

阿斯摩太瘋狂啃噬著拉提的身體，他不只要佔有她的身體，還要佔有她的靈魂。他倆的身軀燃燒著熊熊烈火，墜入夜的最底層。

當他燒入她的核心時，她的表情扭曲了；狂喜之刻來臨，夜的底層改變了引力方向，她往天際直升而去，喜悅的雲朵融合、漾散於稜角分明的臉龐。兩人身軀密合、分開的節奏隨著樂章的推進而加快。

在琴鍵趨於急速的那一霎那，阿斯摩太快速伸出夜一般濃暗的雙手，扼住女人的咽喉。她原本緊閉的雙眼倏地打開，眼珠像要蹦出眼眶般瞪大，他的十指陷進了黝黑的脖頸。

天堂與地獄交會於拉提的臉上，解脫與懲罰同時到來，她充滿快感的面容烙下苦痛的傷痕。

女人劇烈地痙攣，他得花費相當大的力氣才能壓住她的波動；在同一時間，他體內的火焰瞬間爆發開來，傾瀉而出，女人狂喜與痛苦的雙重糾結就像催化劑般，推動著他的感受機制，他沸騰著。

沒過多久，對方的軀體寂靜下來。

阿斯摩太深吸一口氣，餘火在他身上流竄著。

——好美麗的臉龐。

他看著拉提扭曲的愉悅表情，心裡這麼想著。

他緩緩將自己抽離了有著美麗容貌的屍體，再度爲自己的功績感到滿足。

16

艾洛看著眼前這名女人，她緊盯著他，左手扠著腰，右手垂在身側，站在漩渦吊燈底下，堅實的身影散發出懾人的氣息，

「你在說什麼？」他盡量以平緩的語氣問。

「別裝傻，」她冷冷地回答，「我不想跟你玩遊戲。」

艾洛猶豫著該如何回答，幾經躊躇後，他還是沒說話。

「把你的面具拿下來，」女人說，「我不想對著一個看不見臉的人說話。」

艾洛摘下面具，頓時覺得透氣許多。現在兩人臉上都只殘留眼罩面具，現場瀰漫著對等的態勢。

「你說我要什麼把戲？」他接住她的視線。

「我可不相信你是靠運氣抽中鬼牌的。」

「你憑什麼這麼認爲？」艾洛用故作輕鬆的語氣說，「你這麼說未免也太不合理了吧？」

「別狡辯。」

「難道我抽中梅花三你也要說我不是偶然抽中的？每一張牌都有獨特性，不是只有鬼牌。」

「總之，」她加重語氣，「我就是知道你不是偶然抽中的。」

「你不是在開玩笑吧？你有什麼證據？」

「你的眼神。」

艾洛微微一愣，但他沒有說話，等著亞芙羅黛蒂繼續解釋。

「你發牌時給人的感覺，」女人說，「還有你今天看我的眼神，一直流露出一副胸有成竹，而非躁動不安，好像一切都在你的掌握之中。」

艾洛沒說話。

「而且今天是你當莊家，方便你在撲克牌上動手腳，」亞芙羅黛蒂仍舊緊緊凝視著他，「告訴我吧，你是怎麼讓自己抽中鬼牌的？」

艾洛在開口前停頓了一下，他別開眼神一陣子，然後視線重新再回到對方身上。

亞芙羅黛蒂的視線燒灼著他。

「魔術。」良久之後，他緩慢吐出這兩個字。

「魔術？」她半露驚訝神情。

「嗯。」

「你是魔術師？」

「不是。」

「不然呢？」

「只是個簡單的小魔術罷了，你眞的想知道？」

「告訴我，」女人走到床邊，坐了下來，她兩腿交叉，兩手抱胸，抬頭看著他，「我要知道我是怎麼被騙的。」

艾洛沒想到亞芙羅黛蒂對這個戲法的奧祕會有興趣，不，應該說，他沒有預料到對方會知道他使了詭計。

「現在不是解說這種事的時候吧，」艾洛說，「我抽中了鬼牌，我們兩個應該——」

「除非你先告訴我把戲的眞相，否則我什麼事也不會跟你做。」

她的眼神很堅定，艾洛知道他非談這件事不可了。

「好吧，」艾洛嘆了口氣，「這眞的沒有什麼。我剛剛將十張牌分成兩組，對吧？給你們的那組牌沒問題，我是在另一組牌做了手腳。」

「說下去。」

「另一組牌的組成是梅花一到四，外加一張鬼牌，我把這些牌抽出來後，也給所有人檢查過，至此都沒有問題。接著，我開始洗這十張牌，在這之間，卡瑪的手機鈴聲響了，」艾洛停頓了一下，專注地看著女人的臉，「你有嚇到嗎？」

「那是我聽過最糟的鈴聲。」她簡短地評論道。

「你的注意力是否從我身上轉移了？」

「當然，那笑聲太突兀了，就像是從地獄傳來的一樣。」

「我相信那一刻大家都與你相同，腦袋突然空白，受到驚嚇，然後開始搜尋聲音的來源。」

「所以呢？」

「換句話說，所有人的注意力都從我身上移開了。我在那一瞬間把手中的五張牌替換成另外五張，一組我事先準備好的撲克牌，款式與這裡的撲克牌一模一樣。這一組新的牌與原來那組只有兩個地方不同，第一，它的點數組成是梅花一到五。第二，這五張牌的背面都有記號。」

「記號？」

「是的，我自己加上的記號，只要明白記號規則，任何人都能從牌的背面瞬間得知牌的點數。你還記得後來取牌時，男性會員是誰第一個取牌的嗎？」

她低頭想了一下，然後搖頭，「沒注意，好像是卡瑪？因爲他動作實在太快了，你才宣布取牌，他立刻伸手去抓牌。」

「這是他的小小失誤，他應該要自然點才不會引人起疑……不過也不能怪他，畢竟他不是魔術師。」

「卡瑪做了什麼？」

「他必須搶在其他人取牌之前先取牌，因爲他的工作是要取走那張梅花五。如果梅花五被其他人取走，那把戲就曝光了，因爲牌組中不可能有這張牌，這張牌只是取代鬼牌的充數牌。接下來，另外三人取牌後，最後一張牌是我的，這張牌的點數從一到四都有可能，卡瑪必須從背面判讀點數，然後偷偷準備好相對應的另一張牌——來自另一副相同款式的撲克牌。依照剛剛的情況，那張牌是梅花二。

我宣布翻牌後，卡瑪將相對應的牌藏在手中，然後快速往桌面上移動，在假裝做翻牌動作的同時，將第二張牌貼上第一張牌，正面朝上，如此一來，其他人便會以爲他所抽到的牌是梅花二。

我翻牌時也用了相同的手部技法，將事先藏好的另一張鬼牌貼放在那張梅花二之上，製造出我抽到鬼牌的假象。但與卡瑪不同的是，我把鬼牌貼上梅花二後，右手抽回之時，順道偷偷回收了梅花二那張牌。因爲這種撲克牌表面非常滑順，兩張疊在一起時很容易滑開，若是滑開就穿幫了，最好的做法就是把梅花二回收。但這是一項很難的手部技法，沒有經過練習的話很容易失敗，卡瑪沒有玩魔術，不可能在短時間內練成，所以我要他做了另一項補救措施。」

「哦？」

「他手上那張梅花二背面黏有雙面膠，一貼上去就會牢靠，不會滑動。除非有人去動那兩張背靠背的牌，否則不會發現這個把戲的底牌。」

「萬一有人去動呢？」

「不會的，上次集會後，我注意到桌上的撲克牌在翻牌後就不會有人去動，因爲收拾牌是麥斯克的工作。每個人都急著享受魚水之歡，誰會去管撲克牌？我只要在離開這裡前找個時間去把桌上的牌恢復原狀即可。」

「……」

「總之整個把戲就這樣大功告成了，看似簡單，但成本卻不低，爲此我得多買兩副相同的撲克牌，」他苦笑，「這個會社所用的撲克牌可是高級貨呢。」

亞芙羅黛蒂沉默了，過了半晌，她才開口道：「你跟卡瑪是什麼關係？」

「上禮拜他欠我一次人情，他留給我聯絡方式，說有困難可以找他幫忙，恰好我這個魔術需要一個台下的助手才能完成，我便想到他。他很樂意幫忙，眞是個豪爽的人。」

「你怎麼會想到用這種把戲？」她語氣不確定地說，「如果你不是莊家的話……」

「就是因爲我恰好發現這禮拜我是莊家，我才會用這種方法。再加上上禮拜我無意中帶了一張這裡的撲克牌回家，也因爲如此，才便於我去商店找同樣款式的牌。我是根據各種條件才設計出符合條件的方法，可不是倒因爲果地碰運氣。」

「你這個人比我原本想像的還要有趣。」

「是嗎？」

「爲了抽到鬼牌而大費周章。」

「這只是小把戲，」他搖搖頭。

「那萬一今天我也抽到鬼牌呢？我可以選擇不跟你配對。或者，另一個抽到鬼牌的人選擇你呢？」

「人不可能掌握所有的狀況，我能掌握的只有自己抽到鬼牌這件事。況且，你說的那兩種情況機率偏低，我也只能賭一賭。」

不管是哪一種，你的計畫都會失敗。」

亞芙羅黛蒂凝視著他，彷彿要將他望穿，艾洛開始有點承受不住她的視線。

「你想知道的我都告訴你了，現在讓我們忘掉這不重要的瑣事吧，」艾洛試著往前走進一步。

亞芙羅黛蒂的凝視持續著，然後別開眼神，沒有答話。

艾洛試著又往前踏了一步，他現在離對方很近了。

女人突然抬頭看他，視線恢復之前的凌厲。

「聽著，厄洛斯——」

「叫我艾洛就好，」他很快地說，「那我該怎麼叫你？」

女人有點惱怒地瞪了他一眼，「你可以叫我亞芙……艾洛，今晚我可以陪你聊聊，但僅止於此。」

「……怎麼回事？」他全身一陣遲滯，瞪視著她。

「我有我的原則，你今晚用了不公平的手段，破壞遊戲規則，我沒有理由陪你玩下去。」

「你眞的這麼在乎規則？集會的目的不是爲了這個吧？」

「我不管，你用這種方式只會破壞我的感覺，所以不行。」

「但……那有何差別？如果你眞的想跟我……共度這個夜晚，何必在乎有沒有遵循規則？」

她凝望著他，沒有立即答話。艾洛突然覺得喉嚨乾燥起來。

「我不喜歡被操控，」她說，「這破壞了一切美好的感覺。」

「亞芙……」艾洛試著望進她的眼眸。他想說點什麼，想要表達點什麼，但又覺得具體的文字，正如她所言，會破壞一切美好的感覺。

亞芙突然站了起來。

「你還有什麼話要說嗎？如果沒有的話，我該離開了。」

「你這麼快就要走了？」

「我不覺得你還想跟我談。」

「我當然想——」

「是嗎？」她拋給他一個晦澀難解的眼神，「你想做的是另一件事。」

艾洛沉默。

亞芙伸手拿了提袋，轉身往房門對面的那扇外出門走去。艾洛快步追上了她。

「等等！」他拉住她的右手。

女人轉過頭來，左手輕輕放到他的手腕上，然後緩慢地推開他的掌握。她的視線鎖在他身上半晌，然後輕輕搖了頭。

艾洛欲言又止，但亞芙已經轉過身，右手放到門把上。她似乎在猶疑什麼，沒有馬上開門。

艾洛望著她的背影。他也在猶疑……

就在他的思緒跳躍之際，目光無意間掃過一旁的窗戶。窗簾雖拉上，但並未緊閉，透過中間的縫隙，他看見了屋外遠處站著一道人影，那一瞬間，他不敢相信自己的眼睛。

亞芙快速轉過身來，一臉疑惑。

「怎麼了？」她似乎被艾洛的驚呼聲所嚇到。

艾洛喘了口氣，他指著半開的窗簾，「外面有人。」

「有人？」亞芙皺起眉頭，「是離去的會員吧？」

「不是，面具不一樣。」

「怎麼會？」

「是眞的，我看得很清楚，」艾洛咬字清晰地說，「那個人戴著阿斯摩太的面具。」

17

亞芙迅速走到窗前，從窗簾的縫隙往外看；接著她將窗簾拉開，窗外明顯空無一人。

「沒有人啊？」她轉過身來，說道。

「他往另一個方向走去了，樹林那邊，從這裡看不到。」

她遲疑了一下，「你不是在騙我吧？」

「我像是那種會隨便開玩笑的人嗎？」

亞芙仍舊面露疑色，她打量著艾洛，「你說他戴著什麼面具？」

「阿斯摩太的面具。」

「那是誰？」

「你不會不知道吧？就是外面大廳那尊惡魔塑像的名字。」

「原來他叫阿斯摩太。」

「那是猶太教中的邪神，主管色慾。」

「難怪會放在這裡。」

「重點是，我們這裡沒有會員是戴著阿斯摩太的面具。」

「這是怎麼回事？」

「我也不知道。」

「你確定你沒看錯？也許眞的是某一名離去的男性成員。」

「我眞的沒看錯，那張紅臉太明顯了，還有頭上的彎角……這裡沒有男性成員戴那種面具。」

亞芙沉默。

艾洛心中有種說不上來的奇怪感覺，方才所目睹的那道身影給他一種不適感，那是一種……惡寒，深入背脊的惡寒。

「我突然想到一件事。」他說。

「什麼？」亞芙靜靜看著他，似乎不再著急著離開。

「你知道我是新成員嗎？」艾洛視線投向對方。

亞芙沒有立刻回答，似乎在思索著什麼，「這很重要嗎？」

「或許不重要，難道你沒跟前厄洛斯配對過？」

「你到底想說什麼？」

艾洛認爲自己不應該岔入太多旁枝末節，免得亞芙不耐，於是他直接說道：「我上禮拜才入會，拜訪過麥斯克的面具博物館。」

「……所以？」

「我跟他談話時，有人溜進館內，偷了一副面具。」

亞芙沒說話，仍舊用疑惑的眼神看著他。

「那副被偷的面具，就是阿斯摩太。」他說。

亞芙閃亮的雙眼似乎陷入沉思，艾洛覺得她的臉龐在這刻相當美麗，但他的思緒只游移了一瞬間。

「我在想，」艾洛說，「可能有會社之外的人心存不良企圖，想進來做壞事。」

「是有這個可能，不過做什麼壞事？」

「這裡美女如雲，還能做什麼壞事？」

「這個人會是誰？」

「我不知道，可能是某個偶然得知會社存在，卻又因爲某種原因而無法加入的人吧。」

亞芙點點頭。

「總之，以後出入會館得小心點，」艾洛說。

「這不用你擔心。」

沉默。

亞芙往窗外看了看，然後轉身。「抱歉，我還是得走了。」

留不住她，但也不能強迫她。他不是一個喜歡勉強別人的人。她有她的原則，他也有他的原則。

「我送你出去。」

她看了他一眼，「不必了。」

「外面可能有匪徒，很危險的。」

「不用替我擔心。」說完，她轉過身。

艾洛沒再說話。他靜靜看著亞芙打開門，跨了出去。女人走到外頭時，轉身瞥了他一眼，他讀不出她的表情，但他知道自己的心中起了奇妙的化學變化。她將門輕輕關上，他的雙眼便暫時失去了她。

亞芙離開後，艾洛迅速靠到窗前，望見她往會館前的小徑走去。艾洛回身用最快的速度收好面具、揹起提袋，然後走到亞芙離開的那扇門前，將門打開。

他瞥見亞芙的背影消失在小徑上，他立刻奔了過去。四周並沒有看見其他人的身影。

步上小徑，他一邊留意著週遭的動靜，一邊追著前方亞芙手電筒的燈光。他與亞芙保持一定的間隔距離，小心翼翼踩著腳步。

因爲怕被對方發現，所以艾洛沒有開手電筒。但光是藉著亞芙的手電筒就綽綽有餘了。他很擔心戴著阿斯摩太面具的人會突然出現，襲擊他或亞芙。無論如何，那個怪異之人的存在是確定的，在還沒弄清對方意圖之前，必須小心謹愼。

亞芙的腳步很快，沒多久便出了林間小徑，艾洛停步在出入口處的一棵大樹之後，仔細觀察女人去向。

亞芙往馬路走去，然後拐入右側的森林中，手電筒燈光緩緩在林木間移動，愈來愈遠。看來她應該是把機車停在那一帶。

艾洛快步上了馬路，往停放機車處而去。亞芙等等一定會往山下騎去，他只需要跨上機車準備好，在原地等待即可。

艾洛脫掉眼罩面具，把提袋放好，然後戴上安全帽，上了機車。他在黑暗中等待。

過沒多久，引擎發動聲傳來，一輛機車呼嘯而過，直往山下而去。雖然只有驚鴻一瞥，但他看見亞芙穿著白色外套，而機車的顏色則是紅的。

他又稍微等了一會兒。幾分鐘過後，他發動機車引擎，衝出森林，上了馬路，一路直衝而下，時速節節上升。

艾洛覺得自己像一道暗夜中的火燄，從山頂燒下山腳。他很怕自己失了亞芙的蹤跡，但太快追上的話，很快就會被對方發現。

一陣衝刺之後，他仍舊沒有看到前方亞芙的身影。他開始驚慌起來，如果這次跟丟了，恐怕就沒有下次的機會了。

往下坡的遠處望去，一團大範圍的光火蟄伏著，那是凌園大學的銅像公園，他望見一輛機車掠過公園旁的馬路。從車上的身影判斷，那個人是亞芙沒錯。

鬆了一口氣的同時，他快速轉了右側機車把手，瞬間車速加快，猶如火箭炮般下衝。通過銅像公園後，車流量會變多，屆時拉近距離跟蹤便較爲有利。這是他打的如意算盤。

艾洛身上套著黑色羽絨外套，戴著全罩式安全帽，除非亞芙注意到他持續跟蹤著，否則應該不會認出他來。

前方的機車開始進入車流量較大的公路，艾洛刻意混在幾輛機車之中，保持一定速度跟隨著。這樣的狀況持續了十分鐘，他們來到市區，亞芙轉進一條街，然後在路邊停了下來。

艾洛按下煞車，也在路邊停下，隱蔽在一輛轎車之後，目不轉睛地盯視著前方。

這條街叫做凌園街，在入夜之後仍舊熱鬧非凡，是這個城市夜生活的中心，也是年輕人的集散地，許多攤販、店家通宵達旦地營業，人聲鼎沸。亞芙停下的地方，正是這條不夜城之街的起點。

——她想幹什麼？

亞芙把提袋塞在車廂中，然後走入人群，來來往往的年輕男女很快淹沒了她的身影。艾洛急忙將機車騎上行人道上的停車格，跳下車子。

他把提袋塞入座墊底下，有著面具圖案的袋子太顯眼了，他不打算揹入人群中。鎖好龍頭後，他飛快衝入人潮，目光搜尋著亞芙的身影。

前方大約十公尺處，他看到了熟悉的背影。

艾洛疾步向前，擦撞到一名男子，對方怒目而視，他匆匆道了個歉，又繼續向前。差點又與一名滿頭金髮、身材火辣的女子撞個滿懷。

抬頭一看，亞芙的身影不復再現，他焦急了起來。

這條街左右兩邊有許多巷口，而街道本身向前延伸約半公里才開始沒入冷清地帶。她要不是還在前面的人群中，就是走入某家商店，或拐入小巷子。

當下的情況要他立刻做出判斷，再遲疑就什麼都找不到了。艾洛咬緊嘴唇，環顧四周，來來往往的人群在他耳邊嗚響，像潮水翻來覆去。

他不認爲亞芙有時間在剛剛短暫的瞬間擠入店家內，同理，左右的巷道岔路也離街心較遠，所以她應該是繼續往前走了。他加快腳步向前。

左邊不遠處大排長龍了一群人，是一間賣披薩的攤販，他掃了一眼，亞芙不在裡頭，於是他繼續向前，雙眼如同雷達一般掃過人群，不放過任何一道可疑的身影。

茫茫人海中，只有無數流轉的陌生人影，他知道自己失去亞芙了。

艾洛持續切開人潮，店家愈來愈稀疏，人煙愈來愈稀少，街道盡頭是一座公園，此刻杳無人跡。公園的一角，枝葉扶疏的樹木旁掠過一道影子，艾洛雙眼一亮，立刻追了過去。

他快步閃入側門，眼前延展著一片樹林，這裡是植物園，空氣滲著陰冷，重重樹影隨風搖曳，視線昏暗不明，離街道愈遠，黑夜愈濃。

亞芙的身影在遠處擺盪，他追了上去，但立刻又丟失她。園內錯綜複雜的小徑如樹枝般開展，他一時摸不清方向，無法判斷亞芙的方位。艾洛心一急，依直覺挑了條路，奔了進去。

由兩排林木夾成的道路內瀰漫著植物的香氣，若不是他的眼睛慢慢適應黑暗，簡直是伸手不見五指。他突然後悔沒有將提袋帶出，裡頭的手電筒此刻正可派上用場。

走了沒多久，小徑中又岔出許多條路連通到別處。艾洛雖然來過此處的公園，但沒進入過植物園迷宮，因此路徑十分不熟。

他停下腳步，調整了呼吸，告訴自己不能慌亂。

很明顯地，亞芙知道自己被跟蹤，她進入凌園街的目的正是要甩掉他，因為凌園街人潮洶湧；他突破了人海戰術，現在她只好玩起迷宮遊戲。

艾洛側耳傾聽。既然自己已經失去亞芙的蹤跡，便不能盲目亂找，免得離她愈來愈遠，他必須先試試能不能找到她的方位。靜聽了半晌，他無法聽到任何腳步聲。

再這樣下去，能找到她的希望就愈來愈渺小了，也許她已經離開公園。

一陣失落湧上心頭，他花了這麼多氣力，最後竟是徒勞無功。

就在他處於放棄邊緣之際，一個畫面閃過腦際。

他重新振奮起來！

亞芙剛剛將機車停在凌園街入口，這說明了一件事：她不可能將機車永遠停在那裡，她一定會回到那裡！只要她回去，他就還有機會找到她，追蹤到她的住處。知道她的住所在何處，這正是他原本的目的。

只要他以最快的速度回到亞芙停車的地方，一切就都還來得及，就算他剛才浪費了一些時間，就算她方才甩掉自己後用最快的速度返回停車處，他還是有自信能趕上她。她的腳程不可能比他快。

艾洛迅速往植物園外圍切去，很快出了公園。

他重新回到凌園街上，走了一小段後，拐入右手邊的巷道，行走一小段，然後再左轉，直走。這條路與凌園街平行，但路上完全沒有人，艾洛在靜寂的路上快步行走，不自覺地奔跑起來。以這種速度的話，絕對趕得上。

繁華的凌園街在他的左手邊，每經過一個路口，人潮與燈光的剪影便會晃過，然後又是陷入靜謐。沒過多久，他已經來到凌園街入口附近，並往左邊的路走了出去。

路邊停車的空格上，亞芙的紅色機車仍舊好端端地擺放著。他鬆了一口氣。

艾洛迅速回到他停車的地方，將車鑰匙插入鑰匙孔內，跨上機車，然後將視線投向不遠處亞芙停車的位置。

他等待著。

時間之輪緩緩轉動，他彷彿能在嘈雜的人聲中聽見時鐘滴答聲，一點一滴地融消掉時光。喧囂是沉寂，因爲他只聽得見亞芙的腳步聲。

眼前，燈紅酒綠的畫面轉爲一片黑白的布景，直到他看到一道彩色的人影出現在視野內。

她四處張望，然後快速走向機車。

艾洛握緊機車把手。

很快地，亞芙騎著機車出了凌園街，艾洛緊跟在後。

對方往市區另一繁華區騎去，此處的車流量漸次增多，雖不到車水馬龍的程度，但艾洛發現左右兩邊開始出現阻礙他前進的機車群。

很明顯地，亞芙的車速比方才加快許多。

艾洛鑽過幾輛機車，加快速度；抬頭一看，亞芙正穿過十字路口的紅綠燈，讀秒顯示器正倒數至四秒，如果再加上黃燈的時間，他應該可以勉強衝過去！

他扭動把手，車子像子彈往前爆衝，就在此時，右手邊一台車速緩慢的藍色機車突然往左邊切過來，擋住了他的去路，艾洛只得急煞，然後試著再超車。

但前方機車騎士的悠哉程度超乎他的預料，艾洛欲從左側超車時，對方也往左移動，他只能再次緩煞，然後快速切到右道。突然一陣喇叭聲急響，右道一名沒有戴安全帽的凶神惡煞男子罵了他一聲，艾洛迅速切回中線，男子又朝他罵了一聲，隨即右轉揚長而去。

當艾洛想再加速時，燈號轉爲紅燈。

他喪氣地停住車子，亞芙的身影愈離愈遠，最後成爲一個小點消逝在遠方。

艾洛又急又氣，這是個大型十字路口，車流不小，不可能闖過紅燈。他瞥了一眼停在他左前方的藍色機車騎士，對方仍渾然不覺地看著前方。女騎士穿得一身黑，戴著口罩，面容包裹在全罩式安全帽內，一副絲毫不知道自己犯了大錯的模樣。艾洛想學方才的凶臉男人咒罵她一頓，但忍了下來。他意識到自己從來不曾因爲這樣的事而大發雷霆，一陣荒謬感突然瀰漫心中。

燈號再次轉變，他的機車一個箭步超越所有車輛，向前狂奔。

但這條色調呈現黑白的道路上再也看不到那道彩色的影子。

18

洗了個舒適的熱水澡後，艾洛爬上床鋪，感到一陣疲倦感襲上。閉上眼睛躺了一會兒，卻無法入眠，腦中糾纏的影像過多，紛雜的訊息讓他的心無法平靜。他索性睜開雙眼，將雙手枕在腦後，瞪視著天花板。

現在已經過了午夜十二點，窗外是一片深沉的黑暗，幾隻野貓發出惱人的叫聲，破壞了夜的靜謐。他將貓叫聲拋到九霄雲外，調整腦海中的影像，一時之間，心思卻無法對焦。

今晚的一切遭遇，就像上週三一樣不可思議，他從來沒有料到自己會陷入這樣的事件當中。亞芙知道自己在跟蹤她，毫無疑問，她一定知道。而她也知道他迷上了她。艾洛開始擔心下次集會亞芙會不會再現身。他有點後悔今晚在亞芙面前點破了撲克牌把戲，不能再用第二次了。跟蹤失敗，他無法知道她的住所，兩人的交集只剩下禮拜三晚上的集會，而他完全無法肯定她是否會再次出席。

難道，就眞的這樣失去她了？

他翻了個身，凝視著窗外的夜幕。

只有兩條路。等待下次的集會，或是找麥斯克協助。麥斯克不願提供協助，他就只能再等一個禮拜，但如果她沒有現身，那一切就完了。

況且，他無法等那麼久。

不，還有一個可能性。

艾洛回想起今晚亞芙離開會館房間時，曾轉頭看了他一眼。

那時他有點訝異，他以爲亞芙會頭也不回地離開，因爲他感覺不到她有強烈留下的意願。但是亞芙轉頭看他的那個表情，卻令他相當在意。

那是一張沒有表情的臉，但帶著有表情的眼神。眼神的背後，隱藏著艾洛解讀不出的情緒。他只知道那不是冰冷，也不是毫不在意或漠不關心。他不明白自己爲何有莫名的自信做出如此判斷，只能說，那個眼神勾起了他對亞芙更強烈的感覺。

這或許就是爲什麼他會追出去的理由。

他必須再想辦法見到她……

亞芙並不知道一件事。

當她轉身要離開房間時，艾洛抓住了她的手，但隨即被撥開。在那一瞬間艾洛將自己的名片塞進了她的提袋，上面有他的聯絡方式。

這就是他所謂的第三條路，等亞芙自己聯絡他。

雖然連他自己都覺得可能性極低，但只要亞芙發現了那張名片，他們兩人就永遠有機會再連結起來。他只能被動地等待。

意識逐漸朦朧，在跌入夢鄉的瞬間，蟄伏在腦中的某個清楚意念宣告著：希望能夢見亞芙。

但他什麼影像都沒見到，就像做了一場死亡之夢。

19

一陣熟悉的音樂呼喚著他。

有一瞬間，他無法抓到自己的記憶，他想不起來自己是誰、身在何處，以及自己在做什麼。直到睜開雙眼約十秒後，記憶才湧入腦中。

他叫做艾洛，昨天很晚上床，他人在自己的房間，現在時間不詳。

他睡前拉上了窗簾，房內也沒有時鐘，此刻無法判斷時間。

音樂聲從書桌上傳來，他的手機正不安分地跳動。

艾洛跳下床，抓起手機一看，是保密號碼。

他按下通話鍵。

「喂？」

「艾洛嗎？」

「我是。」

「我是麥斯克。」

他稍稍吃了一驚，他沒料到麥斯克會打電話給他。「你好，有什麼事嗎？」

對方停頓了一下，才回答：「我人在會館，在收拾你們昨晚的殘局。」

「辛苦了。」會社沒錢聘工讀生來處理這件事嗎?但他沒把這句話說出口。

「還好。唔……」麥斯克似乎欲言又止。

「找我什麼事?」

「……我剛剛在整理桌上的撲克牌。」

艾洛僵住了,他的腦袋迅速切換到這句話背後的意義。他在心中大聲咒罵自己,握著手機的手指開始躁動不安。

「發現了奇怪的事。」麥斯克說。

「什麼?」他試著穩住語氣。

「男士們桌上的牌竟然多了一張梅花五,我不知道你們昨天是怎麼玩的,但照理說,不會出現五這個點數。」

「這可奇怪了。」

「更奇怪的是,這張梅花五上還疊了張梅花二。」

艾洛沒回答。

「還有更奇怪的,這兩張牌被人用雙面膠黏起來了。」

艾洛沒說話。

「昨晚是你抽到鬼牌。」那是沒有情緒的聲音。

一陣沉默。

按照原先的計畫,艾洛應該要在進房後,等待亞芙洗澡時,出去大廳將原本在牌上動的手腳恢復原狀，但他忘記了。他壓根兒忘了這件事。

「麥斯克，我……」

「你在玩什麼鬼把戲？」麥斯克的語氣很平緩，「爲了抽到鬼牌？我沒想到你會耍這種技巧。」

「我沒有惡意或不良企圖。」

「這件事其他成員要是知道了，你恐怕得立刻退會。」

「你不會讓他們知道的，不是嗎？」

「其實我要的話，現在就該讓你退會了。」

「我知道我不該這麼做。」

麥斯克嘆了口氣，「我不是不能了解。」

「我懷疑你眞的能了解。如果你能的話，就該給我亞芙的聯絡方式。」

「你還是沒拿到嗎？」

「很遺憾，出了點狀況。」

「那你等下次集會吧。」

「我不確定她會不會再出現。」

「不可能永遠不出現的。」

「聽著，麥斯克，我再問最後一次，你眞的不肯幫我？」

「對於你作弊的事我已經睜一隻眼閉一隻眼，容許你犯一條會規，我眞的不能再犯另一條。」

話筒沉默。

「我了解了。」

「希望你能體諒。」

「我知道你的立場，別放在心上，」他突然想到一件事，「對了，你還記得那個被偷的阿斯摩太面具嗎？」

「當然，怎麼了？」

「昨晚有人戴著它在會館外走動。」

「眞的嗎？」

「我親眼看到了，他往森林的方向走去，然後就不見了。」

麥斯克靜默半晌，然後回答：「這眞的很詭異。」

「你覺得這是怎麼回事？這個人怎麼會知道會館的位置？」

「任何人只要在森林裡遊蕩夠久都會發現。」

「但他偷了面具，又出現在會館附近，我不認爲這是偶然，這個人一定知道假面會社的存在。」

艾洛可以感覺到麥斯克皺著眉。「你想說什麼？」對方問。

「我認爲這個人一定曾經是假面會社的成員。」

「有可能。但他想幹什麼？」

「這只有他自己知道。你心中難道沒有可疑的人選嗎？畢竟你對會社成員比較熟悉。」

「並沒有，大多只見過一次面，而且聊得比跟你第一次見面時還少。」

艾洛想了一下，然後問：「前厄洛斯是因爲什麼原因退會的？」

「我不清楚，他沒有說，我也沒問。」

「好吧。」

「你在這裡瞎猜並沒有用，我也不可能打電話去跟過去的會員確認。」

「在還沒明白對方企圖之前，總得小心一點，畢竟這個人的行徑讓人感覺不正常，替女性成員的安危著想一下吧。」

「是沒錯，我會多加留意的。」大概是看艾洛沒立即答話，麥斯克補了一句，「沒事的話，就先這樣了。」

「嗯。」艾洛突然想起另一件事。「等等！」

「又怎麼了？」

「會館內的阿斯摩太塑像……你現在在大廳嗎？」

「我不是說過了？我在大廳收拾撲克牌。」

「阿斯摩太手上拿著長矛嗎？」

對方似乎愣了一下，「……當然，這是什麼問題？」

「上上禮拜集會隔天，那把長矛消失了，但昨晚又突然出現。」

「你確定嗎？」

「我相當肯定。」

麥斯克沉吟半晌，「所以你認爲這代表什麼？」

「我不知道，但眞的很不尋常，除非你告訴我說，假面之夜的會長心血來潮把自己收藏的長矛帶回家研究，然後再帶回來。」

「聽起來有點可笑，不過不是不可能。」

「我知道不可能。」

「哦？」

「因爲，那上面好像有血跡。」

麥斯克又沉默。當他再度開口時，語調變得更低沉。「你不是在開玩笑吧？」

「你可以立刻去檢查看看。」

麥斯克躊躇了一下，然後說：「你等我一下。」

「嗯。」

艾洛聽見麥斯克的腳步聲，沒多久後，對方的聲音再度傳來。

「沒有，什麼都沒有。」

「在長矛的尖端，眞的什麼都沒有嗎？」

「沒有。」

「連紅色的污漬也沒有嗎？」

「沒有那種東西，你是不是看錯了？」

艾洛回想昨晚的畫面。他的確看到了，不過，卻又不敢百分百肯定。難道他眞的看錯了？也許是光線的問題？

「好吧，就算沒有的話，關於長矛的事，我還是不得不聯想到那名偷了面具的人。」

「他要長矛做什麼？」

「我不清楚，不過這代表他有辦法潛入會館，這才是這件事最重要的意義。」

這次換麥斯克沒說話了。

「查清楚吧，」艾洛說，「我總覺得這件事沒那麼單純，而且我有種奇怪的預感，偏向惡兆。」

「你果然是浪漫派。」

「隨便你怎麼說，不過我不會這麼評斷自己。」

麥斯克重重吁了口氣，「好吧，我會調查清楚。」

「你忙吧。」

「嗯，再見……啊，等等。」

左手拇指在結束通話鍵上停了下來，「還有事嗎？」他沒想到麥斯克也會有忘記交代的事情。

「下次集會不能再作弊，這是規定。」

艾洛靜默了幾秒，「我了解。」

麥斯克切斷了通話。

艾洛把手機丟回桌上。很快地他又拿起手機，看了一眼時間。十一點，是該吃中飯了。

當他掀開窗簾往外看時，發現外頭的天氣相當陰沉，低鳴的雷聲不絕於耳。如果不是手機告訴他現在的時間，他會以爲現在是晚上十一點。

艾洛梳洗了一番，換上牛仔褲，套上羽絨外套，然後下樓。

他騎著機車上了馬路，五分鐘後來到「星夜」咖啡館，蕭邦在櫃檯招呼他，艾洛發現對方看起來有點疲倦。

「一份牛肉三明治和酥皮濃湯，」他說，「昨晚沒睡好嗎？」

蕭邦微笑道，「睡得很好，但睡不多。今天不喝咖啡嗎？」

「不了，換個口味。」不知爲何，他想來點改變。

艾洛上到樓上老位置，望著窗外，想起上個禮拜就是透過這扇窗看見亞芙。他回想起那個夜晚，黑夜中的追逐，還有她在夜光下的臉龐。

他突然想知道她喜歡的食物。她也喜歡三明治嗎？或是喜歡讀小說？她念什麼系所？從事什麼工作？家住哪裡？叫什麼名字？他通通不知道。他對她了解實在太少了。她的心思與她的身體，他只知道後者。

他很想聽聽她多說一些話。

如果能跟她一起靠著窗邊用餐，欣賞著夜景，如果能……

餐點送了上來，他用湯匙將酥皮打入濃湯中，並舀了幾口湯啜飲著。

二十分鐘後，他離開「星夜」，再度跨上機車，在陰暗的天幕之下徘徊於街道上，他漫無目的地騎著，用漠不關心的眼神打量著這座城市。

轉過幾個街區後，原本呻吟般的雷聲突然轟轟作響起來，一記響雷震盪他的心房，他清楚感受到自然力量的嘶吼。緊接著數道白光劃過天際，給了大地短暫的光明，令人刺目。

滂沱大雨傾瀉而下，濡濕了他握著機車把手的手腕；雨幕從天而降，水聲不絕於耳。

艾洛發現自己繞回「星夜」附近的馬路，他轉入一條小路，眼前出現一棟熟悉的大樓。

那裡是莎美的租屋處。

他把機車停放在騎樓，甩掉身上的雨水，然後取出鑰匙，打開樓下的鐵門。莎美給了他另一副鑰匙，以便他能隨時前來。

艾洛想起他的雨傘忘在莎美房內，上一次沒騎機車過來，因此帶著雨傘，沒想到就忘了帶走。這次他打算來躲雨之外，順便取回自己的物品，因爲以後可能都不會再過來了。

陰冷的樓梯間仍舊讓他聯想起下水道，三樓那盞明明滅滅的燈還是沒有修好，艾洛聞到一股霉味，刺激著鼻腔。他剛認識莎美時，這裡既不像下水道，也沒有霉味，直到最近他才有這種感覺。

他快步來到了五樓，敲了敲莎美的房門，沒回應。他掏出鑰匙，打開房門，進入。

外頭的雷聲還在持續著，面對房門的窗簾並未拉上，光線滲入房內，讓房內呈現明亮卻陰暗的詭異狀態。

艾洛環視房間一圈，沒看到雨傘，莎美不曉得把它擺哪裡去了。他繞著房間走一圈，最後在床腳邊發現他那支黑色的摺疊傘。

拾起雨傘，艾洛準備離開房間。他經過莎美的書桌，望見一本攤開的小冊子，上面壓著一本書，冊子頁面露出的部分有著莎美工整的字跡。

那好像是她的日記。艾洛記得莎美有寫日記的習慣。

這一陣子莎美完全失去音訊，這相當奇怪。他不敢說莎美對自己有多大興趣，但她一直想要踰越純粹肉體關係的心思，他是知道的，沒道理會這麼久沒跟他主動聯絡。

艾洛打開桌燈，把小冊子從書底下抽出來，略微翻了翻，確定這是日記本。

他不清楚自己為什麼會想讀莎美的日記，也許只是想知道她為什麼消失這麼久。但他在意她消失嗎？如果她就這麼消失不見，他會去追究原因嗎？

他不知道，此刻也不想去想。

外頭的雨愈下愈大，他索性駐足。

艾洛翻回日記本前頁，這本冊子從三個月前開始記載，已經快寫完了，莎美兩三天記錄一次，長短不一，有時只有幾句話，有時寫了好幾頁，內容大多是當天的心情記事。他快速翻過去。

然後，在其中一頁停了下來。

給E：

我愛你。

你否認愛的意義，但我還是愛你。

對你而言，愛是一個沒有意義的字眼，愛是人類用語言粉飾出來的虛幻物。你會這麼想，是因為你從來沒有真正愛上一個人。

我很清楚自己對你的情感，我愛的是你，不是你的形體。因為愛上了你，才愛你的其他一切。因為愛你，所以和你發生關係。

如果我知道你跟別人上了床，或是你愛上別人，我該怎麼辦？

我會殺了你嗎？或是殺了那個人？我或許會！我不知道！

我努力地想讓你愛我，雖然我知道這幾乎是不可能的。

但我想成為你第一個愛上的人，因為我知道你從來沒愛上任何人。只要你愛上了我，你便會明白你關於愛情的一切想法都是錯的，錯得徹底。

E，看著我的眼睛，因為你的擁抱總是沒有靈魂。

這篇日記的時間是他第一次造訪面具博物館的前一天。

這篇日記，也是整本冊子的最後一篇。

窗外的雨聲以像要衝破玻璃的態勢湧入他的雙耳，他定定地站立在原地，在昏黃桌燈的光線下，凝望著莎美的字跡。

雷聲混著雨水傾盆而下。

20

雅斯特莉德把機車停在森林後，拿出手機看了一眼，已經八點五十三分，現在走過去剛好可以趕上集社時間。

她從袋子中拿出女神面具戴好，然後打開手電筒，朝小徑走去。

距離上次集會又過了一個禮拜，上回她配對到藍坡，一個她不怎麼感興趣的男人，在那之前已經配對過兩次，對方有點笨拙，技巧不能讓她滿意。更糟糕的是，藍坡的面具看起來一點都不像是正常人的臉孔，是五名男神祇中最醜陋的：一隻戴著金色頭冠的蟾蜍。聽說藍坡是芬蘭神話中的惡魔，也是愛神，她不懂愛神爲什麼會長得這麼噁心呢？光看到那張臉就興致全失。她衷心期望今晚可以挑到新的對象。她是來享受性愛的，不是來浪費時間讓自己掃興。

她加入會社不過兩個月，那時藍坡就已經是會員，這種令人沮喪的人可以待這麼久，眞是匪夷所思。她覺得要進入會社應該也得經過性愛技巧篩選吧，不然就失去這個會社的意義了。也許她應該要透過麥斯克跟會長建議。

手電筒持續劃開黑暗，雅斯特莉德小心翼翼地往前走，突然一陣和弦鈴聲響起，是她的手機。忘了調靜音了。她一邊咒罵著，一邊心想，自己絕不能像上次那個卡瑪一樣，在進行撲克牌配對時爆出手機鈴聲。雖然自己設定的鈴聲優雅許多，但她就是討厭這種事發生，別人會認爲她沒有格調。

雅斯特莉德拿出手機，螢幕上顯示的是不認識的號碼，她立刻按掉。之前接過太多詐騙電話，後來只要看到不明號碼一概不接。

就在她把手機調成靜音模式時，注意到上頭顯示的時間：八點四十七分。

她愣了一下，剛才不是已經八點五十三分了？很快地，她知道爲什麼了。

雅斯特莉德有兩支手機，剛剛看的是第一支，顯然，其中一支的時間快或慢了十分鐘。她記得今天中午才校正過第二支手機的時間，因此她應該是早到了。

她稍微放慢腳步，沒過多久，會館的身影出現在前方。

早到了十分鐘，無論如何，還是先進去等著吧。她心裡這麼想著。

就在雅斯特莉德走到會館前時，她突然瞥見附近樹林有一道身影匆匆閃過，很奇妙的是，那人的頭上似乎有奇怪的突起。

她立刻把手電筒燈光打往人影消失處，那道身影消失在一個洞口中。

雅斯特莉德猶疑了一下，快步跟了過去。

樹林中有一座隆起的丘陵，開了個洞口，她將手電筒燈光照入。

洞穴並不深，裡頭瀰漫著潮濕的氣息。地上有一塊掀開的板子，旁邊是一個方洞，看起來像是地道入口。

女人帶著疑惑緩步靠近，她將燈光打入方洞，瞧見了階梯的身影。

地道底下似乎有燈光，剛才看見的人影，應該是走下去了。這到底是什麼地方？

她小心翼翼地踏著階梯，往下走了幾階，然後往地道延伸的方向探視。

從方向看來，似乎是通向會館地下。

她心中的疑惑愈來愈深。從來都不曉得會館底下有暗道，誰會在這裡出沒呢？雖然心中有著不安，但好奇心驅使著她繼續向前走。雅斯特莉德高舉手電筒，憑藉著那束微弱燈光向前探索。走了沒多久，右手邊出現一道門，門半掩著。

透過門縫，她瞥見裡頭有一個人橫躺著，似乎躺在木板床之上。她只能看見對方的軀幹中段，那個人穿著一件銀色洋裝，她突然覺得那衣服相當面熟。

當光線打在那個人的手指上時，她立刻想起來了，是芙蕾雅。她的紅色指甲油很醒目。

這是怎麼回事？芙蕾雅爲什麼會在這裡？

心跳愈來愈快，一陣莫以名狀的悚慄感湧上背脊，手電筒的光束開始顫抖、晃動。

就在她欲推開那扇半掩的門時，長廊前方傳來腳步聲。腳步聲奔了過來。

雅斯特莉德迅疾轉身，朝來時之路離去。快步一陣後不自覺奔跑起來，手臂快速晃動的緣故，手電筒無法對焦在面前的路徑上，眼前的一切彷彿天旋地轉。

一個不小心，手上的手電筒滑落在地上，發出刺耳的撞擊聲，她猶豫了一下，躺在地上的光束掃到遠處迫近的人影衣角。她很快地轉身，直奔地道入口。跑了一小段後，腳上的高跟涼鞋十分窒礙難行，她迅速脫掉鞋子，三步併作兩步出了洞口。

女人喘著氣，感到一陣頭暈目眩。就在她上氣不接下氣之時，抬起頭來，發現會館門口站著一道人影。

那個人一動也不動地凝望著她。

21

艾洛站在假面會館前，疑惑地望著不遠處的女人，她戴著雅斯特莉德的女神面具，穿著米色外套，右手提著一雙金色高跟涼鞋，斜揹著會社的袋子，正大口地喘著氣，彷彿剛跑完百米賽跑。

女人發現艾洛盯視著自己，略微驚慌地挺直了身子，似乎想裝作什麼事也沒有的樣子。

「你還好吧？」為了化解尷尬，艾洛開口問道。

「沒事。」她彎身開始穿起涼鞋。塗著黑色指甲油的腳趾甲格外醒目。

艾洛沒再說話，他掏出磁卡，打開了會館的大門，瞄了一眼女人後，便示意對方先進入。她猶豫了一下，然後快速步入。

艾洛跟在她身後進去，帶上大門。

他的視線首先落在亞芙的座位上，是空的。事實上，除了拉提外，其他人都還沒到。他落座後，等了一陣，其他人才陸續到齊，但就是不見亞芙的蹤影。

就在他焦躁不安地四處觀望時，他注意到另一件事。

阿斯摩太的長矛也不在原位。

他咀嚼著這項發現，完全摸不清頭緒。

九點過一分，仍不見亞芙。艾洛開始擔心她不會出現。

經歷了先前那些事，她也許開始打算閃避自己，如果她就這樣消失了，代表他可能永遠都不會再見到她了。

如果她……

一道身影快速步入大廳，熟悉的面具映入眼簾。艾洛的視線再次與女神對上。

亞芙微微向大家點了個頭，然後坐下，她看了一眼艾洛後便把視線別開。

艾洛仔細看著她，頓時心裡一陣失落。

這個人不是亞芙。

他注意到長髮從這名女人的面具後部溢出，亞芙是短髮，而這個人是長髮，因此她不是亞芙。此外，她的舉止也與他所認識的亞芙有異；亞芙較為優雅，眼前這個人卻有些粗率。

眞正的亞芙缺席了，代替她來的人是遞補會員。

艾洛抑制不住失望的情緒在心中蔓延。他突然有股衝動，想起身離開大廳，就這麼走出會館，離開這片森林，脫離這個夜晚。

亞芙是因為不想見他，所以沒有現身，還是因為有事不能來？他不可能憑猜測知道答案。

就在他思緒游離之際，莊家已經開始分牌。今晚由芙蕾雅擔任莊家，她從撲克牌中揀出十張牌，再分成兩組。

突然一個念頭閃過艾洛腦際，他自己都覺得有點不可置信。

亞芙有沒有可能在另外四人之中？

所有人都戴著面具，除非從細部觀察，否則根本無法確定其眞正身分。不，就算仔細觀察，所知還是十分有限，僅能觀察到的部份都有許多不確定性，甚至是可以僞裝的。

如果亞芙換了張面具，混在其他四人之中，那就代表她遞補了其他人。有這種可能嗎？

似乎也不是沒有，因爲麥斯克沒有詳述遞補的規則，或許亞芙原本不打算前來，但另外四人中剛好有人請假，而亞芙又臨時改變主意要來，因此成爲遞補人員……

他開始仔細觀察另外四人，首先是身爲莊家的芙蕾雅。他注意到對方的指甲顏色從上次的無上妝轉變爲玫瑰色，但這並不能證明對方不是同一人；另外，女人小指上沒有傷疤，只能確定這次的芙蕾雅與上上禮拜的芙蕾雅不是同一人。她感覺上不像是亞芙。

艾洛一邊取牌一邊觀察其他三人。他很快又剔除了雅斯特莉德。從對方剛剛在門口的舉止看來，她的動作風格和聲音怎麼看都不像是亞芙。

至於剩下的兩人，沒有其他線索來判斷，只能憑感覺。艾洛把她們也都剔除了。

亞芙今晚果然沒有到場。

「翻牌，」芙蕾雅說。

艾洛緩緩將牌翻過來，心頭微微一震。

是鬼牌。

22

此時抽到鬼牌似乎沒什麼意義，但既然沒有確切證據證明拉提跟爾茲莉不是亞芙，他似乎可以選擇其中一人來作確認。

但他一點都不覺得這兩人身上有亞芙的氣息。

女方抽到鬼牌的是拉提，對方選擇了卡瑪。如果此時艾洛堅持要與拉提配對的話，所有人都得重新抽牌，他決定不這麼麻煩。

「雅斯特莉德。」艾洛說。

對方的面具微微顫動了一下。

抽了下次的磁卡後，艾洛與雅斯特莉德兩人離開桌邊，來到左邊的第一間房前。艾洛打開門，讓女人先進入。

他進到房內後隨手將門帶上。對方看了看他，沒有說話。

「你先請。」艾洛比了比浴室。

女人微微點頭，走過他身邊，進了浴室。一陣香水味綿延身後，是花香。

浴室門關上後，艾洛把提袋擺在椅子上，走到窗邊；他伸手撥開窗簾，往外看去。這次他沒有看到任何人的身影在外頭。長矛的蹤跡似乎與戴著阿斯摩太面具的神祕人物有所關聯，隱隱約約，他總是感覺到一股暗潮潛藏著，但卻無法看清具體的影像。

放下窗簾，他回到房間中央，聽著浴室傳來的水聲。

在這個房間中，殘存著許多形影，他彷彿可以看見這些重疊的影像在燈光下移動。過去的影子，在現在的時間中推移著，旋轉著，他的記憶像一條迴旋的彩帶，包圍著他。

艾洛坐在床沿，摘掉厄洛斯面具，留著眼罩，兩手腕交疊撐在下巴，沉思。

過了沒多久，浴室的門打開，女人走了出來，全身散發出香氣。她已經卸下面具，只剩下黑色眼帶環在臉上。她看著他。女人的顴骨高聳，鼻樑堅挺，身材高挑。

艾洛站起身來，猶豫了一下，才開口道：「我來之前就洗過了。如果你不介意的話……」

「噢，當然無所謂，」雅斯特莉德順了順烏黑的捲髮，「你想要怎麼開始？」

「隨你。」

女人瞄了他一眼，然後迅速靠近他。她的臉貼得很近，溫熱的吐息罩上他，她的瞳仁深邃起來。兩人的視線纏綿片刻後，女人的唇貼上他的，那是溫潤的觸感。兩片薄唇翻動、探詢著。

雅斯特莉德突然向後退了一步，盯視著他。

「你好像不是很有興致。」她說。

「有嗎？」

女人凝望他半晌，「嗯，你感覺心事重重。」

「真抱歉，我不知道自己這樣。」

「無所謂。」

女人坐到床沿，兩腿優雅地交疊，從提袋中取出了一包香煙與打火機。她點燃了煙，兀自吞雲吐霧起來。她把煙盒遞向艾洛，後者搖了搖頭。

「謝了，我不抽。」

女郎將煙盒收起，吐了一陣白煙，挾煙的手指相當細長。

「爲什麼挑我？」她問。

「什麼？」

「鬼牌呀，爲什麼選我？」

「……我也不是很清楚。」他在牆邊的椅子上坐下，面對著女人。

「你還眞有趣。」她晃著煙說道。

「也許是因爲剛才恰好在大門口遇見你吧。」

「如果你不想做的話，何必來參加集會？」

「我只是想來看看。」

「這個理由很怪。」

「抱歉，我……也不曉得是怎麼回事。」

「無所謂，聊聊也好啊，這也是度過夜晚的另一種方式吧。」

艾洛低頭想了一陣，然後開口問：「你剛才在會館附近做什麼？我看見你從樹林那帶跑出來。」

女人原本悠哉的神色突然變了，艾洛發現她挾煙的手指頭竟然顫抖起來。

「沒什麼。」她迅速瞥了他一眼。

「說吧，明顯有什麼，既然我們今晚只是要聊聊，你就告訴我吧。」

雅斯特莉德猶疑了一下，凝望著地板，吐了口白煙，才緩緩說：「我今天早到了。」

「哦？」

「我手機的時間出了問題，因此我早到了會館。然後，我看到一個人走進森林。」

「什麼人？」艾洛的專注力瞬間凝聚，他覺得自己可以預期雅斯特莉德的答案。

「我沒有看清那個人，他的動作很快，而且距離有點遠，那只是一瞬間的事。」女人歪著頭想了一下，「我只知道，他似乎是穿著暗色的衣服。」

艾洛沉默。他心中不祥的預感愈來愈強烈，他知道先前那些令他感到不安的事絕不是空穴來風。

「你還能分辨他身上的任何特徵嗎？比如說，臉上有沒有戴著面具。」

「面具？」女人愣了一下，搖頭，「我不確定。」

就在艾洛欲開口再問時，對方像想到什麼事似的，雙眼亮了起來。

「對了，我覺得他的頭上好像有奇怪的突起物。」

「突起物？是類似像山羊頭上的角之類的嗎？」

「應該是吧，這麼說來，那個人應該也是戴著面具了。」女人露出不安的神色。

那是阿斯摩太沒有錯，艾洛在心裡想道。那個謎樣人物果然還是在會館附近出沒，他到底是誰？有什麼目的？

「你怎麼知道他戴著面具？」女人臉上的陰影愈形擴大。

「我只是隨口猜的，畢竟這裡的人都戴著面具，」艾洛沒有等對方回答，逕自繼續問：「你看到人影消失在森林，然後呢？」

「我往他消失的方向走了過去，然後……」她又顫抖起來，「我發現一個洞穴。」

「洞穴？」

「嗯，類似防空洞的洞穴，裡頭地上有一道門，很像地道的入口。我進去時那道門是開著的。」

「接著呢？」他語氣急促起來。

「我一開始有點害怕，但實在太好奇了，從來沒有想到這裡會有地道，於是我走了下去。我在裡面……」她垂下眼神，身子再度顫抖起來，這次很劇烈。

「裡面怎麼樣？」

「我、我發現一個房間，芙蕾雅躺在裡面。」

「什麼？」

「我不知道她躺在裡面幹什麼，總之，我覺得害怕。」

「她躺在裡面做什麼？她發生了什麼事？」

「我不知道！不要問我！」女人尖聲大叫，「光線太微弱了，我什麼都沒看到！」

艾洛默然。

雅斯特莉德緊抿了嘴唇半晌，「……沒過多久，對向傳來腳步聲，我才趕快離開。」

「你有看到那個人嗎？」

「只看到衣角，但我覺得應該是個男人。」

「地道是什麼樣子？」

「我不知道怎麼描述，裡面沒有燈光，而我只有手電筒的光線，後來手電筒又掉了……」

「地道看起來很新嗎？」

「……這我眞的不確定，不新不舊吧。」

「你在害怕？」他緊緊盯著她的雙眼。

聽到這句話，女人抬起頭來凝望著他，手中的煙已經熄滅，眼神閃爍不定。

「我……」她欲言又止。

「光是發現一個地道，不至於讓人有恐懼吧，就算是闖入了私人空間被發現，頂多也就是驚慌地逃走，爲什麼會有恐懼呢？」

女人緊抿著唇，半刻不答腔，最後開口道：「那個人的腳步聲……很急促，還有他迫近的態勢……唉，我不知道怎麼描述。」她用力搖搖頭，似乎很苦惱。

「沒關係，你慢慢說。」

「那個人的氣息不尋常，」她尋思之後說，「他讓我感覺到一股……殺氣。」

艾洛沒答腔。

「他……」她繼續說，「他讓我覺得自己像獵物，而他是獵人。」

艾洛沉默。

「雖然那只是短暫的一瞬間，但不知道爲什麼，我就是產生這種感覺，」她沉下雙眼，「這……眞是太詭異了，那個人到底是誰？」

「這正是我想知道的。你對這個會社了解多少？」

「很少，不可能比你多。」

「你認爲我知道的比你多？」

「我不知道，這裡每個人都戴著面具，我的意思是，我不知道你知道多少，但我只知道自己什麼都不知道。」她把手中的煙蒂捏入掌心。

「你去過面具博物館嗎？」

「當然，入會合約在那裡簽的。」

「不久前有一副面具被偷了。」

艾洛簡單告訴她阿斯摩太面具被偷的事，還有之前他注意到的怪事。

「所以，你看過那個人。」雅斯特莉德臉色蒼白地問。

「從窗戶瞥見的，應該跟你看到的是一樣的人，他消失的方向跟你描述的洞穴方向是一樣的。」

「那……長矛又是怎麼回事？」

「我不知道，不過……」艾洛若有所思地說，「如果那個人眞想把自己打扮成阿斯摩太的話，那麼長矛對他來說當然是必備的，因爲那是阿斯摩太的兵器。」

「兵器？」女人揚高聲音，「要兵器做什麼？要殺人嗎？這太荒謬了！教人難以置信。」

「我也不知道。這個人很有可能是以前的會員，爲了某種目的再回來。」

「我不管他做什麼，這個地方開始讓我不舒服，」女人站起身，「我得走了。」

「你現在就要離開？」

「不然呢？難道你興致又來了？」

「萬一那個人在外面呢？」

她猶豫了一下，「但我也不想留在這裡。」

艾洛想不出要怎麼回答。

女人從袋中摸出一個條狀物，「我有這個，如果有人敢亂來，我會把他電得屁滾尿流。」

艾洛摸摸下巴，「你有聯絡方式嗎？」

「你想幹嘛？」

「我想調查這個神祕人物的事情，你是目擊者，萬一我又想起什麼問題，可以再問你細節。」

「你是不是太閒了？把這件事告訴麥斯克，要他去處理就好了，這應該是他的事情。」

「我已經告訴他了，但我想同時自己調查。」

她瞪了他一眼，「看來你也是個怪人。」她從提袋中拿出一個紅色皮夾，然後掏出一張名片，遞給艾洛。

上面的名字是Ashley，另有電子郵件信箱跟手機號碼，沒有工作頭銜。這種不洩漏真實身分的名片卡瑪也給過他一張。參加集會的成員或許很自然會預算一種可能性，亦即不想透過會社、但私下想再有聯絡的心理，這時這種匿名名片便派上用場。

他把名片捏在手中，凝視著收拾物品的雅斯特莉德，再度陷入沉思。

23

阿斯摩太正在燃燒。

女人戴著眼罩面具騎在他上頭，像頭瘋狂的野馬。

當對方的眼神開始陷入渙散時，他抬起上身，抓住女人的肩膀，將她推倒在床。

該是馴服野馬的時候了。

由他所主導的攻勢，凌厲而迅速，精準且有效。無人能夠抗拒。

他在等待時機。

等待死亡露出甜美的笑容。

* * *

雅斯特莉德收拾好東西，便朝門口走去。

「小心。」艾洛說。

女人轉過身來看著他，「謝了。」

她打開門走了出去。門關上了。

艾洛走到窗邊，撥開窗簾，望見雅斯特莉德拿著手電筒與電擊棒，小心翼翼地左右張望。她很快地離開了會館週遭，沒入森林中。艾洛放下窗簾。

根據這名女子的說法，她比集會時間早到，顯然打扮成阿斯摩太的人沒有料到會有人這麼早到達會館附近，因此他才敢明目張膽地在附近活動。假設這個人是目前的會社成員之一，那他一定在自己和雅斯特莉德到達大廳之後才出現，因爲女人離開洞穴之後立刻就與艾洛進了大廳。但問題是，他記得最早到大廳的是拉提，其餘人都在自己之後才到。也就是說，在那之後才到的男性成員都有可能是阿斯摩太。

但這種想法是把問題簡化了。

阿斯摩太難道不可能是女性嗎？如此一來，女性成員也有嫌疑。此外，既然所有人都戴著面具，那就算阿斯摩太是男性，是不是也有可能混在女性成員中？或者是相反的狀況？如果這個人眞的是現役會員，那麼上次他跑出房間到會館外做什麼呢？與他配對的人又在房間裡做什麼？

如果這個人不是現役會員，就很有可能是前會員。到底是哪一種？

思考片刻後，苦無進展，他擬定了下一步的行動。

他決定去探查地道。

＊　＊　＊

窗簾開了一道縫，阿斯摩太看著窗外，他看見雅斯特莉德行色匆匆地離開會館，往小徑的方向奔去。

房間內只開著小燈，床上躺著一名赤裸的女人，胸部與下體處異常白皙，顯然時常穿著比基尼做日光浴。她雙眼瞪大，從表情看來，彷彿沉浸在極度的愉悅中。

她看起來同時也在極度的痛苦中。

女人的脖頸布滿深刻的指痕。

阿斯摩太從紅色衣袍中掏出一截短棍，他握住其中一端，用力一拉，棍身瞬間抽長，最後拉出的一節上附有尖銳的刀刃，整體形成一把長矛。

他打開通往會館外的門，走了出去。

他知道他的獵物逃不掉了。

* * *

艾洛收整好自己的物品，將提袋斜揹上肩，然後走到房門口，將門打開。

大廳內空無一人，桌上的撲克牌看起來沒人動過。艾洛瞄了阿斯摩太塑像一眼，長矛仍舊不見蹤影。

他把門關上，回到房內，然後走到另一扇通往會館外的門前，也就是剛剛雅斯特莉德離開的那扇。

艾洛打開門，走了出去，再將門帶上。

森林裡傳來蟲鳴聲，他沒有聽見人聲，會館房間的隔音似乎相當好。

他從袋中拿出手電筒，打開燈光，走到樹林中，往稍早雅斯特莉德奔來的方向走去。走沒多久，便發現一座隆起的小丘陵，那有一個山洞。

艾洛將光線往內照，幾隻蝙蝠飛了出來。洞穴並不深，不遠處地上有一個黑色的方塊。走近一看，是地道入口。

他蹲下身來，將燈光打在那塊板子上，從材質看來，應該是鐵板，上面有一個鑰匙孔，還有一個拉把。他抓住拉把往上提，但板子聞風不動。看來是上鎖了。

＊　＊　＊

阿斯摩太快步追了上去，他望見雅斯特莉德踏上小徑，往森林外的方向走去。

女人腳步倏地加快，似乎想快速脫離這片森林。他也快步跟了上去。一瞬間，他已經來到她身後。

聽到背後的聲響，女人迅速轉過身來，當她看見阿斯摩太的臉時，臉上滿是驚愕。

在女人發出尖叫之前，刀刃已經刺入她的身軀。

＊　＊　＊

艾洛又拉了鐵板門幾次，確認鎖得死緊後，便站起身。他把光線打到四周，打量著洞穴。

沒有發現什麼新東西，這只是一個普通的山洞。他思索了一會兒，從提袋中摸出手機。

＊　＊　＊

阿斯摩太拖著雅斯特莉德的屍體往會館而去。他沒有走小徑，而是走入小徑旁的林木中，直接切往地道口附近。

他沒有拔出長矛，而是將矛身縮短，讓它留插在被害者的腹部。女人身體偶爾還會抽搐，血從嘴中湧出，但沒過多久，那軀體便死寂下來。

他的衣服沾到了血，但無所謂，反正他的衣服本來就是紅色的，火焰本來就是紅色的！血讓他莫名地興奮，但血比不上做愛的高潮。

這個女人算是陪葬品，阿斯摩太在心中暗忖。誰叫她要發現會館的地下室呢？他打算把她的屍體帶回地下室，跟其他人放在一起……

先回到地道入口吧。

＊　＊　＊

艾洛把手機解鎖後，進入來電紀錄中，找到了他要的號碼。他按下通話鍵，開始撥號。等了一陣子，就在艾洛打算掛掉電話之際，電話通了。

「喂？」對方的聲音聽起來悶悶的，而且很小聲。

「麥斯克嗎？我是艾洛。」

「噢，什麼事？」

「真抱歉，你在睡覺嗎？」

「唔……沒關係。找我什麼事？」

「我在會館附近找到了一個洞穴。」

「哦？」

「你知道這個地方嗎？就在附近的森林裡，有一座小丘陵。」

「我很少走到會館以外的地方。」

「丘陵內有一個山洞，山洞裡有個地道入口。」

「你是說眞的嗎？」

「千眞萬確，但地道口上鎖了。」

「天啊。」麥斯克喃喃道。

「今晚有一位成員也發現這件事了。」

艾洛簡單報告雅斯特莉德告訴他的事。

麥斯克沉默。

「你覺得怎麼樣？」艾洛問。

「會館本來就是旅館，有地下樓層沒有什麼好奇怪。」

「但那個戴阿斯摩太面具的人讓人起疑。」

「目前爲止沒有發生什麼事啊。」

「我覺得不對勁。關於這件事，你上次不是說要查清楚嗎？」

「你怎麼對這事情這麼感興趣？」

「我沒告訴你的話，想必雅斯特莉德回去後也會打電話跟你講。」

「或許吧。」

「你不能跟會長談談這件事嗎？」

「目前沒發生事情啊。」

「我總覺得你對這件事態度很消極，你該不會隱瞞了什麼吧？」

麥斯克沒有立刻回答。

「你一定要挖這件事嗎？」良久之後他問。

「整件事讓我不舒服，我不喜歡這種感覺。如果你不想管的話，我可能會自己想辦法挖開地道的門，再進去調查。」

沉默。

「艾洛，」麥斯克說，「我們碰個面，我告訴你一些事情。約十二點好嗎？在我家。」

艾洛停頓一下，然後回答：「好。」

「晚點見。」

麥斯克切斷通話。

艾洛看了一眼手機上的時間，還不到十一點，現在直接過去面具博物館的話，還太早。如果回家一趟再出門，又會太晚。他得找些事情做。

想了一陣之後，他決定先到「星夜」消磨時間，再去赴約，他也可以藉機整理一下思緒。

艾洛正走到洞穴出口時，手機突然又響了起來，他看了一眼來電顯示，是不認識的號碼。

他按下接通鍵。

「喂？」他小聲地問。

* * *

阿斯摩太把雅斯特莉德的屍體拖到地道入口附近約十公尺處，停了下來。他看見洞穴中有燈光滲出，很像是手電筒光線。

他把屍體放下，往前走了幾步，隱蔽在一棵大樹後。他看見一個人拿著手電筒從洞穴走了出來。是厄洛斯，又一個發現密道的人！

他憎惡地瞪視了屍體一眼，然後把右手搭上長矛末端，再把視線移到那個走出洞穴的人。

他隨時準備抽出他的武器，因爲他決定讓那個人成爲今晚的第三隻獵物。

* * *

「喂？」艾洛又問了一次。

話筒彼端沒有人回應，正當他打算掛斷電話時，對方說話了。

「艾洛嗎？」女人的聲音。

艾洛簡直不敢相信自己的耳朵，他感到血液逆流。

「亞……亞芙？」

「嗯。」

「你、你怎麼會打來？」他的五指緊扣手機。

沉默一陣後，她問：「你人在哪裡？」

「我？我在會館外面。」

「你去參加集會了？」不曉得是不是艾洛的錯覺，這句話的語氣很冷淡。

「是啊，不過準備要離開了。」

「這麼快？」

「我什麼事都沒做，因為發生了一些事。」

「什麼事都沒做是什麼意思？」

「跟我配對的人是雅斯特莉德，我們講了幾句話，她就離開了。」

「哦？爲什麼？」

「記得上次我看到的那個怪人嗎？」

「戴著淫慾之神面具的？」

「是的。」

艾洛簡單告訴她今晚發生的事。他一邊說一邊往離開會館的小徑走去，他不想在會館附近談論這件事，以免有人聽到。

「那可眞奇怪，」亞芙用帶著困惑的語氣說，「事情很不尋常。」

「麥斯克似乎隱瞞了一些事沒告訴我，晚點我會問清楚。」

「……」

「……我沒想到你會打給我。」

「有一些事……」

「什麼事？」

她停頓一下，似乎有點猶豫，「我想了很久，還是決定告訴你，因爲我覺得可能有關聯。」

「什麼關聯？」他實在聽不懂亞芙在說些什麼。

「跟阿斯摩太的關聯，因爲我也是會社成員。」

「等等，你今晚沒參加集社吧？」

「我如果有去的話，我還會問你人在哪裡嗎？」

「也是……抱歉，你剛剛要說的事到底是什麼？」

「我今天晚上接到了好幾通電話，都是保密號碼。」

「誰打的？」

「我不知道，對方完全沒有說話。」

「無聲電話？」

「嗯，沉默很久後，我就把電話掛斷。總共打了五通。」

「你說這件事跟你是會社成員有什麼關聯？」

「因爲你上次告訴我阿斯摩太的事，我在想會不會跟他有關。」

他明白亞芙的意思了。「……騷擾成員？」

「我是這麼猜的。」

艾洛沉吟半晌，「很有可能，跟我原初想的沒有出入。」

「我感到不安。」

「你爲什麼打給我？你可以報警啊。」

「現在什麼事都沒有發生，報警有什麼用？」

「你可以向麥斯克投訴，他掌管會社業務。」

「沒有證據證明打無聲電話的人跟會社有關，麥斯克可以不受理，況且，我不知道自己能不能信任他。」

「難道你能信任我？」

亞芙沒說話。

「我是戴著面具的厄洛斯，」艾洛繼續說，「難道你覺得自己能信任我？」

亞芙沒說話。

艾洛也沒說話。

亞芙開口了，「主動提起阿斯摩太事件的人是你，你也在追查中，至少以這件事而論，你不可能是那個神祕人物，所以我可以相信你。」

「……我明白了。」艾洛想了一下，又問：「你現在人在哪裡？」

「我的房間。」

「告訴我地址，我立刻去找你。」

亞芙似乎在思考。

「不方便嗎？」艾洛問。

「我妹在睡覺，我不想吵醒她。」

「你妹？你們住在一起？」

「嗯，她工作回來很累。況且，兩個女生的房間，也不方便讓……」

「沒關係，我知道了。」

就在艾洛思考著接下來要說什麼時，亞芙先開口了，「艾洛。」

「我在聽。」

「你今晚爲什麼去參加集會？」

一陣停頓。

「……想去見你，但你沒有出現。」

又出現短暫的沉默。

「你等等要去麥斯克那裡？」她問。

「十二點的時候。」

「我們在那裡碰面好了。」

「你也要去？」

「我想知道麥斯克有什麼話要說，身爲會社成員，有義務了解自己到底被隱瞞了什麼。」

「可是你不是才接到無聲電話？」

「那只是電話而已。」

「出門不會有危險嗎？」

「就算阿斯摩太眞的要騷擾我，他也不至於出現在這裡吧？你們稍早才在會館看到他而已。」

「也是。」

「我會請隔壁的朋友陪同我下樓，只要上了機車，應該就沒事了。」

「那你小心一點。」

「好，到時見。」

「嗯。」

艾洛沒有立刻切斷通話，過了一陣之後，亞芙才主動切斷。艾洛把手機收好，他感到不可思議，至今仍不敢相信亞芙會主動與他聯絡。

＊　＊　＊

正當阿斯摩太欲拔出插在屍體腹部的長矛時，他聽見厄洛斯開口說話。

阿斯摩太抬頭一看，站在洞穴入口的厄洛斯一手拿著手電筒，另一手拿著手機，似乎是有人撥手機給他。

厄洛斯雖然放低音量，但阿斯摩太還是隱隱約約聽到談話內容，打電話的人似乎是亞芙羅黛蒂。厄洛斯對亞芙羅黛蒂說自己在會館附近。

如果在這個時候下手殺害厄洛斯，無疑是自掘墳墓，因爲亞芙羅黛蒂已經知道了厄洛斯的位置，若講手機途中發生事故，只要那女人一報警，警方就可以立刻鎖定案發現場。不行，他不能在此時此地下手。更何況，厄洛斯已經一邊通話，一邊往森林外移動。

更糟的是，厄洛斯似乎也把他發現的事告訴了亞芙羅黛蒂。

狀況愈來愈擴大，他必須趕緊想辦法。

厄洛斯離開了森林，阿斯摩太用最快的速度把雅斯特莉德的屍體拖進洞穴。

同時，他擬定好了應對的策略。

24

艾洛在「星夜」二樓望著窗外，邊啜飲著拿鐵。他沒有點蛋糕，此刻只想喝喝飲料。

今晚沒有看見蕭邦，大概是請假吧，除了他的助手外，多了一名年輕女孩在幫忙店務，看起來應該是淩園大學的學生，在此短期打工。

艾洛思索著今晚發生的一切，尤其是亞芙的來電。

她最終還是打了。

他們的聯繫沒有斷掉。

想到待會兒就可以見到她，他的心不禁一陣波動。

究竟是誰撥打無聲電話給她？是阿斯摩太嗎？

他覺得阿斯摩太應該是以前的會員，因爲某種緣故又回到會社來，騷擾現在的成員。

騷擾成員……

艾洛突然想起雅斯特莉德。不知道她是不是也接到了無聲電話？也許他應該確認看看。

他從口袋裡找出了雅斯特莉德給他的名片，還有他的手機。接著，輸入了名片上的電話號碼，再按下撥號鍵。

艾洛聽到了一首不知名的流行樂，是女歌手唱的，輕快又激昂。

這首音樂反覆到第二次時，仍舊沒有人接聽。

他把電話切斷。

又坐了一陣子後，時間將近十二點，艾洛站起身，走向樓梯。

他出了咖啡館，再度跨上機車，目的地是面具博物館。

這個時候的道路上已經不見什麼行人，一離開主要幹道，便是一片闃靜。他騎車穿越了社區公園，沒過多久就來到麥斯克家。

艾洛把機車停好，然後按了電鈴。門後傳來腳步聲，門往內打開。

麥斯克那張叢林臉映入眼簾，他穿著一件黑色圓領衫、白色寬鬆長褲，眼神銳利地看著他。

「進來吧。」他退到門後讓艾洛進去。

艾洛點點頭，第二次跨入麥斯克的屋子。

他在方形矮桌邊坐下，鬆軟的沙發讓人感到舒適。麥斯克倒了杯褐色液體給他，然後在他對面落座，兩人的視線相交。

「有些事情，」麥斯克緊緊盯著他，「不知道會比較好。」

「是嗎？」他啜了口杯中物，又是花茶。

「有些事情不說出來，對大家並不會有害，這是維持社會秩序平衡的一種方式。」

「戴阿斯摩太面具的這個人，他的行徑讓人覺得很不尋常。任何成員知道了這件事，恐怕都不能放心地繼續參加集會。」

「我不得不說你的好奇心眞的是太強烈。」

「我相信每個人的反應都會跟我一樣。」

「這個戴面具的人至今沒有做出任何危害人的事吧。」

「但他『可能』做出。」

「你爲什麼對他這麼感興趣？」

「我沒說過嗎？這整件事讓人覺得不舒服。假面會社是不是有什麼祕密？」

麥斯克猶豫了一下，沒有說話。

艾洛緊迫盯著對方，「你說有一些話要告訴我，到底是什麼？」

麥斯克持續沉默。

艾洛沒有放鬆他的視線。

對方嘆了口氣，「有沒有聽過一句話？『好奇心會殺死一隻貓』。」

「我不是在跟你開玩笑。」

「我也不是。」

兩人的眼神又對峙了半晌，最後麥斯克移開視線。

「看來我是別無選擇了。」他說。

「如果沒有涉及犯罪事件，爲什麼忌諱說出來呢？」艾洛說道。

「如果我不告訴你，你會怎麼做？」

「這我也說過了，我會親自進入地道調查，或者是親自逮住阿斯摩太。」

麥斯克看了他一眼，表情如槁木死灰，「聽著，我願意告訴你一些事，不過你要清楚，你不應該知道這些事。」

「這我了解。」

「我告訴你之後，你也不能採取任何行動，因爲沒有必要。」

「我會自己判斷。」

「你要保證不惹麻煩。」

「麥斯克，你以爲我是個堅持捍衛正義或維護道德的人嗎？」

對方半疑惑、半驚愕地看著他。「你在說什麼？」

「就算你們假面會社是販毒集團，也不關我的事。但如果有人不合法地戴著面具在我所參加的社團走來走去，這我就無法忍受。就這麼簡單。」

麥斯克迎著他的目光半晌，然後微微點頭，「我了解了，你想知道什麼就問吧。可以告訴你的我會告訴你。」

「我要知道戴著阿斯摩太面具的人是誰。」

麥斯克沒有立刻回答，就在對方的嘴唇開始微動之時，艾洛突然聽見一陣急促的電鈴聲。他們兩人在沙發上直起身，然後豎起耳朵。

鈴聲響了好幾次，每一次都很短暫，彷彿按鈴者身處在極度的匆忙與驚恐之中。

艾洛與麥斯克面面相覷，他們從彼此的表情可以讀到相同的疑問：在這樣的深夜中來訪的人會是誰呢？

25

亞芙穿好外套後，看了一眼熟睡中的妹妹，便輕手輕腳地走出房間，帶上房門。走廊上一名年輕女住戶打開了門，往樓梯走去。是這層樓的夜貓子。

她握著機車鑰匙，穿過走廊，跟著那名房客下樓。

來到一樓後，她快步走向車棚，上了機車，騎上馬路。

她住的地方離面具博物館約十分鐘車程，亞芙沒有特別加快速度，她平時就不喜歡騎快車。

騎過幾個街區後，轉了個彎，進到一條較狹窄的道路，約莫過了一分鐘，右手邊出現了一個社區公園。

這裡就是之前遇到艾洛的公園。

公園泰半籠罩在樹林的陰影中，環繞公園的步道上也散布著群樹的影子。

就在她的視線掃過右手邊的公園時，突然車身一陣晃動，爆擦聲從底下傳來，震破夜的寂靜，輪胎似乎壓到了什麼東西！

整部機車失去了平衡，她感到重心不穩，身子朝右手邊傾倒。之後的動作全憑本能，車身滑轉之際，她的右腳飛快落地，穩住重心，兩手用全力撐住龍頭。穩住之後，她緩緩下了機車，把車身扶正。

不遠處的地上躺著一個碎掉的酒瓶。她立刻明白發生了什麼事。機車的前輪底部陷了下去，不用再看第二眼就能知道，她不可能再用它代步了。

亞芙把機車靠在路燈底下，她將車頭鎖緊，明白只能明天再來處理車子。這裡離麥斯克家已經不遠了，這是不幸中的萬幸。

她把包包斜揹好，然後快步走上公園的石板道。

踩在樹的陰影上，她瞥見月亮正逐漸被雲層吞噬。

走過了公園，她進入一條巷子，走了一陣，四周靜謐無聲，每一棟建築都沒有燈光透出。

麥斯克的家就在前方不遠處，亞芙加快腳步，卻突然注意到一道人影佇立在路燈底下。

對方離她約五公尺遠，面對著她。亞芙驚呼了一聲，僵立當場。

那個人有著一張紅臉，兩支彎角從太陽穴突出，她不知道怎麼形容對方的臉，只能說那是一張魔鬼的臉；他穿著紅色長袍、黑色靴子，戴著黑色手套，手上握著一把長矛。

很明顯地，對方戴著面具，亞芙知道自己看過這惡魔的形貌。

假面會館的阿斯摩太塑像。

她顫抖地後退了幾步。這個人……就是艾洛提過的人嗎？他為什麼會出現在這裡？

阿斯摩太動了起來，他緩緩朝亞芙逼進，長矛的刀鋒閃著光芒。

亞芙轉身跑了起來，她聽見背後腳步聲急促起來，她知道自己被鎖定了。

她的腦袋一片空白，只意識到雙腳帶著自己奔跑。她轉入一條巷子內，又轉了好幾次，在巷弄的迷宮中逃亡。

阿斯摩太緊追在後，她總能聽見他那堅實靴子撞擊地面的聲響，還有間或傳來的長矛碰撞聲。
亞芙又轉了個彎，就在她氣喘吁吁之際，抬頭一看，前方是一堵牆。
她轉進死巷了。
她轉過身來，背對著牆，面對著巷口，那道人影很快出現在她面前。
紅臉惡魔望著她，緊抓著手上的武器，矗立在原地。
兩人對峙，沉默。
亞芙的心臟劇烈跳動。
然後，對方出手了。
阿斯摩太將長矛對準亞芙，一個箭步往前，撲了過來，就像一道奔竄的火燄。
亞芙快速往右邊跳開，對方撲了個空，長矛的尖刺撞擊在牆壁上，爆擦出刺耳的聲響。
趁著這個空檔，亞芙奮力往前奔跑，但她隨即被一股拉力扯住，阿斯摩太緊緊扣住她的皮包不放。
亞芙轉身欲扯開對方的手，一個腳步不穩，被對方拉了過去，整個人撞在牆上，仆倒在地。
她的手臂與膝蓋傳來痛楚，咬著牙，她從地上坐起來，背靠著牆，疼痛讓她無法站起身。
阿斯摩太再度逼近，亞芙抬頭望見那道高聳的影子，她知道自己逃不掉了，只能坐以待斃。
阿斯摩太倒握長矛，朝下往她胸口刺了過來！
那只是一瞬間的事情，她兩手抓起垂在腹部的皮包，迅速往上舉，長矛刺入皮包，推擠到她的胸口。

亞芙奮力把皮包往左手邊推去，長矛跟著偏斜，對方腳步踉蹌了幾下；接著她握住長矛，撐起自己的身子站起來。阿斯摩太被往前拉，但隨即穩住，紅臉惡魔往後穩住自己的力量，剛好與亞芙的拉力形成反方向，讓亞芙能順利站起。

她順勢站起的瞬間往前衝撞，對方長矛離手，往後跌去。

抓住這個機會，亞芙向前奔跑，跑過了倒在地上的人，頭也不回地朝巷口飛奔而去。

她完全沒有餘裕思考，只要看到巷子就轉彎，讓自己的逃脫路線變得曲折，以擺脫背後追逐的人。

不知道轉了多少次彎，她感到氣力用盡，逼近虛脫的狀態。她的腳步慢了下來，開始力不從心。轉出巷口，她赫然發現面具博物館就在左手邊不遠處，她提起腳步，用盡最後一絲氣力奔了過去。

來到麥斯克住宅前，亞芙往她的來時路瞥了一眼，一道紅色身影閃過巷口，她立刻瘋狂似地按著門鈴。

26

麥斯克站了起來，快步走到屋子的大門前，將門打開。

艾洛也站了起來，轉身，看到訪客的臉。

他深吸了一口氣。

「噢，是你，」麥斯克說，「這麼晚了，什麼事呢？」

亞芙的頭髮散亂，上氣不接下氣，身上的玫瑰色皮包上有一道裂口，她臉色發白，欲言又止。

「慢慢來，先進來再說，」麥斯克側身讓亞芙進來。

亞芙右手覆住額頭，雙眼一閉，腳步突然往前踉蹌，倒了下去。

那一瞬間，艾洛欲往前撲去，但沙發擋在前方，無法橫越。麥斯克眼明手快，接住了倒下的亞芙。艾洛快速繞過沙發，與麥斯克一同撐起亞芙，把她扶到沙發上。兩個人站在她面前，緊緊望著她。

亞芙並未昏厥，她右手按著額頭，左手壓著胸口，深吸了幾口氣，然後睜開雙眼。她先看了一眼艾洛，然後視線才轉到麥斯克身上。

「阿斯摩太在外面。」她說，聲音微弱。

「什麼？」麥斯克皺著眉問。

「你遇上阿斯摩太了？」艾洛急切地問。

亞芙微弱地點點頭，說：「他還在外面。」

艾洛立刻轉身朝大門奔去。

「你要去哪裡？」麥斯克在身後叫道。

「去逮住那個傢伙，麻煩你看好亞芙。」

說完，他甩開大門，躍入外頭的夜色之中。

外面的街道一片冰冷，並無半個人影，艾洛左轉進入通往面具博物館的坡道，博物館門關得死緊，週遭沒有任何人。

艾洛回到街上，往道路兩邊望去，整條街上只有他一人。

他轉回屋內。

帶上門後，他望見亞芙已經在沙發上坐起，手上握著一杯棕色液體；麥斯克坐在對面，一樣拿著瓷杯啜飲著。

「有看到人嗎？」麥斯克抬頭問。

「沒有，大概跑掉了。」

艾洛繞過沙發，在亞芙身邊坐下。

「你要不要緊？」他凝視著亞芙。現在的她看起來相當纖弱，臉色十分蒼白。

「……還好，頭有點暈，不過應該不礙事。」

「你確定？要不要躺下來休息一下？」艾洛轉頭看向麥斯克，「你這裡應該有空房吧？」

「不需要，」亞芙說，「我坐著休息就可以。我剛剛眞的覺得自己快暈厥，但現在稍微好一點。」

「如果不舒服隨時告訴我。」

「我知道，」她啜了一口茶，身子微微顫抖了一下。

「亞芙剛剛跟我說了，」麥斯克說，「她說你約她一起過來。她中途機車爆胎，用走的過來，結果遭遇伏擊。」

「在哪裡遇到的？」

「你要不要自己告訴他？」麥斯克看著亞芙說道。

亞芙放下杯子，半轉過身來對著艾洛，簡單述說了她方才遭遇的事。

「我差點就被殺了。」亞芙靜靜地說。

「事情愈來愈嚴重，」艾洛別開視線，「這個人所做的，已經不單單是騷擾了，他還想殺人！」

「他到底是誰？他要什麼？」亞芙轉向麥斯克問道，後者表情僵硬。

「你不是該告訴我們什麼嗎？」艾洛也轉向麥斯克，「事情到了這個地步，沒必要隱瞞了吧。」

麥斯克閉上雙眼，彷彿正在沉思，室內被沉默籠罩了一段時間。

最後，他睜開雙眼，語調相當疲倦。

「你們知道凌園大學的創立者吧？」

艾洛腦中浮現出銅像公園中的那座銅像，就矗立在公園入口，站在台座之上。那是一名拄著手杖的中年人，有著光禿的頭頂，以及嚴峻的面容。

「許凌園是白手起家的企業家，」麥斯克繼續說：「他是農家子弟出身，家境困苦，只受過小學教育。十四歲那年，他的父母在一場車禍中逝世，他被迫自力更生，於是孤身一人出走，從事了各式各樣的工作。不管是幫人洗碗、送貨或擺攤等等雜工，他全都做過。十九歲那年他開始從事建築業，就這樣做了二十年，賺進了一筆錢，後來投身鋼鐵業，事業開始飛黃騰達，陸續成立了許多鋼鐵公司，在南台灣的鋼鐵業佔有龍頭之地位，他也理所當然地成為雄遠鋼鐵集團的首席董事。他甚至還投資了醫療及觀光事業，擁有好幾棟旅館的經營權。事業蒸蒸日上之後，有感於台灣許多孩子因家貧而無法就學，因此他開始著手創辦了凌園大學。在他的細心經營之下，凌園大學成為西台灣首屈一指的私立大學。不過，這些都是他結婚之後的事。」麥斯克說到此處停頓下來，啜了幾口茶。

亞芙的身子已不再顫抖，此刻她捧著杯子，專心看著麥斯克，眉間露出些許疑惑。或許她跟艾洛一樣，都無法了解企業家的身世會與假面會社有何關係。

「四十二歲那年，」麥斯克說，「在朋友的撮合之下，許凌園結識了宏盛科技集團董事長的姊姊——李湘純。兩人交往幾個月之後便成婚，那時是大家稱羡的鴛鴦伴侶。兩年之後，他們產下一名男孩，命名為青堯。

李湘純是個控制慾相當強烈的女人，她不但要許凌園事事順從她，也會掌控他日常生活大大小小的事情。舉凡抽象的想法，如價值觀、對事物的看法、藝術品味，或者是具體的行為，如生活作息、飲食習慣、衣著等等，許凌園都必須要跟妻子一致。很多人認為，這埋下了日後爆發衝突的種子。」

麥斯克說到此處又停頓下來，似乎在思索著下一段話。

艾洛與亞芙靜靜地聆聽著，沒有說話。關於凌園大學創辦者的歷史艾洛所知不多，唯一有耳聞的就是許凌園的外遇事件，但麥斯克應該會說出許多他所不知道的細節。

「許凌園五十歲那年，」麥斯克望著天花板說，「發生了一件大事。李湘純發現自己的丈夫竟然與一名叫朱蒂的酒店女郎有所來往，而對方才二十歲。更糟的是，這名女子還懷了許凌園的骨肉，而且小孩已經產下三年了。

李湘純雇用了徵信社查出朱蒂的住所，時值許凌園北上洽談商務期間，她立刻前往朱蒂住處理論。經過一番爭吵後，李湘純憤而離開，結果趁著晚上無人之際，帶了一罐汽油，放火焚燒朱蒂的租屋處。而起火點正好是小孩的睡房，當時朱蒂不在房內。

朱蒂發現房間起火時，已經太遲了，許凌園與她的私生子遭到嚴重灼傷，雖然朱蒂及時把小孩救出，保住了一命，但孩子的臉已被燒毀，一輩子都得背負著魔鬼般的面具。」

「面具」這個詞讓客廳的空氣更加陰冷，靜謐的室內連呼吸聲都聽不見。

「許凌園當晚回來後，李湘純與他吵了激烈的一架，也許是失去了理智，李湘純竟然從二樓欄杆一躍而下，摔落在大廳地板。

李湘純並沒有死亡，急救之後甦醒了過來，但她的腦部受了嚴重打擊，不但失去了記憶，也出現精神失常的狀況，所以至今仍一直住在療養院。

這件事帶給許凌園的衝擊恐怕很大。他給了茱蒂一大筆賠償費，雙方和解，從此不再來往。他把私生子給留了下來，偷偷撫養，從來不搬上檯面談。鮮少有人知道這名孩子究竟是在哪裡受的教育。

或許是因爲愧疚感使然，許凌園盡全力給這個孩子舒適的生活環境，但礙於臉部的傷，他從小便極度自卑，性格孤僻，不與人交際，養成了古怪的個性。

在他的日記中曾經寫道，他的母親就像希臘神話中的悲劇謬思——墨爾波墨涅，而他自己就是她手中所持的悲劇面具。他在日記或網路的暱稱便使用『墨爾』這個名字。

爲了掩蓋墨爾臉上的傷，許凌園特別託人製作了面具，從此之後，面具便成了墨爾身體的一部份。

許凌園原本有個構想，他想要建造一幢旅館，這間旅館是以面具爲主題，裡面所有的工作人員都戴著面具，而旅館內部也以面具作爲裝飾。他希望能讓墨爾在裡頭工作，這是他所想出的安頓方式。許凌園沒有與墨爾討論，便逕自出資建築旅館，當工程已經完成大半時，墨爾才知道這件事。他們起了爭執，墨爾並不想經營旅館業，但他要求擁有建築的使用權，許凌園最後妥協，便不再管這件事。」

麥斯克停頓下來，雙眼來回看著艾洛和亞芙。

「聽到這裡你們應該也了解了吧，」他低聲說，「那棟旅館就是你們集會用的假面會館，而假面之夜的會長就是墨爾本人。」

27

一陣沉默。

「所以，」亞芙打破沉寂，「墨爾成立這個會社的動機……」

「我不敢百分百肯定，」麥斯克說，「但絕對跟他的社交挫敗與慾望無法滿足的心理有關。對墨爾來說，自卑是他這輩子最大的敵人，臉部的傷讓他不敢靠近人們，因此永遠無法建立人際關係，他只能活在自己的世界中。他對親密關係會有一種渴望，不管是友誼還是愛情，對他而言都是夢想中的產物。渴望得到卻得不到，讓他產生憎恨感，使得他只能以扭曲的方式來獲取滿足。假面之夜的體制，便是他獲得愛情關係的一種方式。」

「對他而言，這也叫愛嗎？」亞芙問。

「或許不是，這之間有著很複雜的情結。以人性本能而言，墨爾是渴望愛情的，但從他的經驗來看，卻又不存在愛情這回事。他的父親不斷離棄了愛情，先是背叛了元配，又拋棄了情婦。因此墨爾對愛情的感受是矛盾的。

性關係是愛侶間肉體接觸的最高極致，也是愛情具體化的最高表現。假面之夜的性遊戲，是在表面上獲取愛情的同時卻又踐踏它。這種分裂的心理或許才是墨爾創社的動機。」

艾洛看了一眼麥斯克，然後才緩慢地問：「墨爾就是阿斯摩太，對吧？」

麥斯克沒有立刻回答，他尋思片刻，才說：「我想應該沒錯。」

「攻擊成員也在他的計畫之中嗎？」

「我不曉得事情會變成這樣，似乎有點失控。一開始是沒有危險的，但以他的心理狀態而言，會做出這樣的事或許不意外，他或許想以攻擊行爲來宣洩命運對他的不公。」

「他平常就會戴阿斯摩太面具嗎？」

「我不確定，但至少我沒看過。」

「如果墨爾就是阿斯摩太，那當初他何必從你的工作室偷走面具？他直接向你要不就得了？」

「這我眞的不知道，我只能再次重申，他的精神狀態不穩定，你恐怕不能用正常人的邏輯去猜測他的心思。此外，只有墨爾擁有會館地下室的鑰匙，因此當我聽到你說阿斯摩太出現在地下道時，我第一個聯想到的人就是他。」

艾洛正要開口再問時，麥斯克很快接話，他的語調既深且沉。「自從會館建好後，墨爾就一直住在會館地下室。他好像對建築進行過改建。」

好一段時間沒人開口。

「你爲什麼對他這麼清楚？」亞芙問，語氣冷靜，「你不是說過你與他只用e-mail通聯？」

麥斯克垂下眼神，「很抱歉關於這點我沒坦白，但這麼說是爲了避免麻煩。我剛剛提到，友誼與愛情是墨爾渴望得到卻得不到的，事實上並不全然正確。他曾有過一個朋友。」

艾洛與亞芙都沒說話，他們等著麥斯克繼續說下去。

「墨爾回歸許凌園撫養後，他接觸了一名年紀與他相仿的男孩，那個人是許凌園的獨生子，許青堯。」

麥斯克凝望著面前的兩人，瞳孔閃過一絲光芒。

「沒錯，那個人就是我。」

＊　＊　＊

「我直到大學畢業之前，學業都是在美國完成的，」麥斯克說，「父親在我六歲的時候就把我送出國，只有寒暑假時才會回國。在幾次回家時，我都曾經目睹到家中有一名戴著面具的小孩身影。我問父親那是誰，他只說是朋友的小孩，因爲臉部受傷才戴面具。

直到某一次，我看見他在宅院的庭園角落徘徊，便偷偷過去接近他，他一開始想要逃跑，但可能看到我年紀與他差不多，便稍微放下了戒心。

交談之後，他說自己住在離許家宅院不遠處的一棟房子，而許凌園是他的叔叔，寒暑假時會接他過來玩。雖然他個性怪異，但我們還是當了朋友，只是當時我們只在寒暑假零星碰幾次面，我並沒有想到要與他保持聯絡。

大學畢業回國之後，我與父親發生爭執，他不贊同我從事我最熱愛的藝術創作，而我對公司的事一點興趣也沒有。我不顧他的反對，跑到義大利去學藝術，在國外待了一年。回國後，類似的爭吵又發生了好幾次。就在這當中，我又遇見了墨爾。

我不喜歡他戴的面具款式，作工也不夠精細，於是我幫他做了新的面具，因著這件事，我們的距離拉近了點。

我跟父親的關係持續惡化，後來呈現半離家出走的狀態，我在這裡買了房子，經營面具博物館。有一天我接到墨爾的電話，說他需要我，於是我們便約了個時間見面。

後來的事你們應該都猜得到了。他需要我幫他製作假面之夜的面具，於是我也成爲會社的一份子。我們談了很多，他告訴我他已經知道自己的眞實身分，他覺得很痛苦，他需要做點不一樣的事情，來完成自己生存的意義。」

麥斯克說最後幾句話時，眼中的光芒色澤突然變得不太一樣。

「這個遊戲已經走樣了，」艾洛說，「他現在所做的，已經不僅只是遊戲，而是犯罪行爲。」

「我知道，他的心理狀態不太平衡。他需要更極端的事物來滿足他的慾望。」

「必須阻止他。」亞芙說。

「你覺得該怎麼處理？」艾洛問麥斯克。

麥斯克想了一下，回答：「讓我來跟他談，你們等一下。」

他起身離開客廳。

頓時一片沉寂。

亞芙兩手緊抱在胸前，看著前方，她面前的杯子已經空了。艾洛覺得自己該開口說些什麼，沉默的氣氛總是令人難受。

「你好點了嗎？」猶疑片刻之後，他問。

亞芙轉過頭來，眼神明亮但帶點疲憊。「好多了。」

「要再喝點茶嗎？我幫你倒。」

「噢，不用了。」

麥斯克回到客廳，手上多了支手機。

「我馬上打電話給他。」

麥斯克按下手機上的鈕後，將機子移到右耳旁，五官糾結在一起。

等待良久之後，他放下手機，搖了搖頭，「沒有回應。」

「那該怎麼辦？不能放任不管。」艾洛說。

麥斯克吐了一口氣，看了一眼天花板。

「我晚點再跟他聯絡一次，如果還是沒有接的話，我到會館地下室去找他。」

「今晚在會館的人不會有危險嗎？」亞芙說。

「這我就不敢肯定了，不然我現在立刻前往會館也可以。」

「你確定他會聽你的？」艾洛問。

躊躇了一下，麥斯克回答：「我會盡力，不用擔心。」

「麥斯克，」亞芙說，「如果可以的話，讓他解散會社吧。」

麥斯克凝望著亞芙，「我知道。」他的聲音微弱。

沒有人再接話。

亞芙站起身來，但卻腳步不穩，差點往後跌去，艾洛急忙扶住她的身子。

「怎麼了？」他擔憂地問。

「沒事，剛剛手臂跟膝蓋好像瘀青了，但不至於不能動。」

「你確定能走嗎？」

「可以的，」她瞄了艾洛一眼，「我們是不是該走了？」

「好，」艾洛也站起來。

「今晚的事務必請你們保密。」麥斯克面無表情地說。

「這點不用擔心，我們自己知道分寸。」亞芙回答。

艾洛沒說話，只是對麥斯克做個眼神致意。

「有消息我會再跟你們聯絡。」麥斯克說，「不送了。」

門在亞芙跟艾洛身後關上，兩人站在冰冷的街道上。

「我送你回去，」艾洛說。

亞芙看了他一眼，微微點頭。

艾洛跨上機車，將鑰匙插入孔內，「沒有安全帽，將就一下。」

「我無所謂，這個時間也不會有警察吧。」

「嗯，那上車吧。」

亞芙跨上機車，艾洛感受到一股輕盈的重量壓上車身。

「好了嗎？」

「嗯。」

他轉動把手，引擎聲在夜空響起。他帶著亞芙騎入黑夜中。

＊　＊　＊

麥斯克又撥了一次手機。

「您撥的電話無人接聽，請稍後再撥……」

他惱怒地咒罵了一聲。

站在客廳一陣後，他決定採取行動。

麥斯克穿上外套，拿了車鑰匙，走向大門。

出了屋子後，他轉身將大門鎖上。他左轉下坡，來到面具博物館門前。左邊的角落停放著他的機車。

他正要把車鑰匙插入孔內時，背後傳來腳步聲。

麥斯克猛地轉身，抬頭一看，一道人影背著路燈站在坡道口。

不用再看第二眼他便知道對方是誰。

穿著紅色衣袍的阿斯摩太佇立著，手上的長矛刀鋒閃閃發亮。

28

機車的重量不一樣了，距離最後一次感受這樣的情境，已經不曉得是什麼時候的事。艾洛不曾騎車載過莎美，因爲他們並不是戀人關係，就算載了她，他也明白自己不可能用心去感受。

雖然他與亞芙曾經有過最親密的接觸，但始終覺得兩人之間有一種距離感，這或許還是因爲心靈尚未搭起橋樑的緣故。他咀嚼著這種奇妙的關係。

行經社區公園時，艾洛瞥見一台紅色機車孤伶伶地靠在路燈底下，那應該是亞芙的車。艾洛放慢速度，然後在路燈邊停了下來。

「你做什麼？」亞芙的聲音從後座傳來。

「我幫你看一下車子，先下來吧。」

亞芙下了車，艾洛把自己的車子停放好，然後走到亞芙的車邊，他彎下腰來查看前輪。底部扁了下去，輪胎應該是因爲壓到尖銳物品而破裂。

他直起身來，說：「眞的是爆胎，看來得等到明天再處理了。我明天打給你，再騎車載你過來。」

「謝了。」

「那走吧。」

他發現亞芙盯著公園裡頭。

「怎麼了嗎？」艾洛問。

亞芙轉頭看了他一眼，「要不要進去裡面坐一下？」

「現在嗎？」他有些愣然。

「當然。」

「你不是要回去了？」

「你不想聊聊嗎？」

「我……當然想。」

「那我們就走吧。我家不方便，所以我才挑這裡。」

艾洛點點頭，與她做個眼神交會後，便率先往前走。

兩人沿著人行道並肩走著，很快來到側門入口，進入公園後是一條長長的步道，裡面雖然沒有燈光，但他們的雙眼已經適應黑暗，藉著月光以及公園外圍的路燈來認路，綽綽有餘。

有好一段時間，他們都沒有開口。

右手邊出現一個小遊樂場，裡頭有一小片沙地、單槓、小型溜滑梯還有幾種常見的遊樂器材。亞芙指著鞦韆說：「我們過去那邊坐。」

全部四個鞦韆都是空的，他們挑了右邊的兩個，坐了下來。艾洛感受到半圓形的皮革包裹住自己的臀部，很久沒有這種感覺了。

他從來不曾於凌晨時分坐在鞦韆上。

月亮很美，像一抹微笑掛在天際。艾洛轉頭看了看亞芙，她凝望著前方，兩手抓著鞦韆的鎖鏈。她在月光之下的側影很動人。

艾洛很想問她從事什麼工作，但突然又覺得不妥，於是另外想了個問題。

「我記得你說過你跟你妹住一起。」

「嗯，有一段時間了。」

「她想必跟你一樣迷人。」

亞芙輕笑了一聲，「很多人說我們長得很像，但性格卻完全不同。」

「手足似乎總是如此。」

「那你呢？有兄弟姊妹嗎？」

「沒有。」

「想要有嗎？」

「不想。」

「爲什麼？」

「不爲什麼，就是沒有那個慾望。」

「你是那種自己一個人也能過得很好的人。」

「哦？你這麼認爲？」

「這是你給我的印象。」

「或許吧。」他琢磨著下一個問題。

「你爲什麼參加假面會社？」亞芙問，仍舊看著前方。

「純粹只是偶然。」

「說來聽聽。」

「某個晚上，我外出散步，偶然發現了面具博物館。麥斯克告訴我有這樣一個會社，於是我就加入了。」

「你爲什麼想加入？你的動機是什麼？」

「我……」他發現自己一時語塞。

「尋求肉體的歡愉嗎？」她突然轉過來看他。

「我不會這麼描述。應該說，尋求一種……關係吧。」

「什麼關係？」

「一種……我自以爲是愛情的關係。」

亞芙的眼神轉回前方，語調沒有起伏，「純粹性關係怎麼會是愛情的關係呢？」

「因爲我不認爲傳統意義的愛情關係存在，只有純粹肉體關係才是眞實的，所以愛情應該要指涉這樣子的關係。」

「你會這樣想，是因爲你不懂得戀愛吧。」

艾洛沉默了一陣，最後才回答：「也許你是對的。」

亞芙又轉過來凝望他，但沒有說話。

「那你又為什麼加入會社？理由跟我不一樣嗎？」

「不，跟你不一樣。」

「我想知道你的理由。」

月光被雲層遮掩了，夜幕更加濃重，一陣風吹來，隔鄰的兩個鞦韆緩緩晃動。亞芙再度開口之前，兩人品嚐了一陣靜默。

「我曾經深愛過一個人，」她說，語調沒有抑揚頓挫，「現在回想起來，眞是盲目至極。他讓我以為自己已經擁有愛的極致了，至少，我曾經那麼認為。

剛開始的時候，他溫柔、體貼，細心又善解人意，他知道我在想什麼、要什麼，他能夠進入我的世界，看見我的心。我以前從來沒有遇過這樣的男人，也許正是因為如此，我的雙眼才會被矇蔽。」

艾洛靜靜聽著。

「我認為肉體關係只能獻給最愛的人，於是，我把我的第一次獻給了他。」

說這話時，她的語氣有些微弱。

「過了一些時日後，我覺得他對我變冷了，我以為是自己的錯覺，但那種隔閡卻是眞眞確確地存在著。那段時間，我每逢禮拜三晚上打電話給他，他都沒有接。他告訴我他在實驗室加班。我知道他工作很重，但交往以來這是頭一次聽他說要加班。他還說整個晚上都睡在研究室。就算如此，也不至於不能接電話吧？他的說詞是，做實驗過程沒有接電話的餘裕。我完全無法接受。

這樣的情形持續了幾次，某一次的星期三晚上，我前往他任教的大學——就是凌園大學。我找到了他們系所的系館，上去查看。整棟建築幾乎一片漆黑，根本沒有半個人，而他的手機還是撥不通。

我終於知道他的確在說謊。

我沉住氣，沒有跟他吵這件事，忍了一個禮拜後，星期三再度到來。我埋伏在他的宿舍附近，等他出門。八點半時，他騎著車出去了。我跟在後面。

他到了一棟建築，你知道是什麼的，就是假面會館。」

亞芙停了下來，眼神低垂，「他戴上了一副面具，然後走了進去。我抑制不住內心的驚訝。面具？他到底進去做什麼？化裝舞會嗎？這太可笑了，我簡直不敢置信。他進去之後，我只能在外面徘徊。我從窗戶往內探視，但大部分的窗戶裡頭窗簾都拉上了，只有兩間房的窗簾縫隙較大，勉強可看見室內。

後來陸續有人到來，每個人臉上都戴著面具。我躲在附近的樹林窺看，內心中的疑問達到了頂點。又隔了一段時間，沒有人再出現，我便再度接近會館，走到窗戶旁，從縫隙往內看……」

亞芙又停了下來，她深吸了一口氣，眼睛閉上，再打開。艾洛凝視著她的側影。

「我從窗簾縫隙看到了他，他戴著一副眼罩式面具，面前站著一名女子，戴著同樣的面具。接著他們兩人開始接吻……」

月亮仍籠罩在雲層間，但搖擺的鞦韆已經停了下來。

「後面發生什麼事，我就不需要再說了。我只知道我離開森林時，腳步不穩，幾乎要崩潰，但我卻哭不出眼淚。」

艾洛垂下眼神，看著地面。他繼續維持靜默。

「我所建築出的幸福堡壘坍毀了，我曾經相信的事物在一瞬間消逝，我對自己的判斷失去信心，一切都跌到谷底。我沒有再打電話給他，直到他來我的住所找我。

他微笑著，好像什麼事都沒有發生，當他想碰我的身體時，我退開了。接著，我把我看到的一切告訴了他。

他起初不承認，在逼問之下，我隨之崩潰了，言語愈來愈偏激，最後他終於吐實。我問他爲什麼要這麼對我，爲什麼要欺騙我……他說我無法滿足他，他說了對不起就離開了。」

亞芙的語調很平靜，平靜到讓人質疑她是否刻意如此。艾洛避免將視線投射在她身上，如果他望向她的眼眸，或許會看到淚珠，也或許不會。

「我沉寂了一段時間，」她繼續平靜地說著，「我不知道自己怎麼度過那段日子，但我畢竟熬過了。某一個禮拜三晚上，我獨自前往會館，然後在那裡等待著。

我攔下了一名戴著面具、正要進入會館的女子，並向她詢問入會的方式。她遲疑了一下，然後很快寫下一個電話號碼給我。

回家之後，我撥了那個號碼，於是認識了麥斯克。談過之後他同意讓我入會，恰好有一名女性會員退會，我便加入成爲正式會員。

在第一次集會時，我戴著面具，看著坐在對面的那名男人，那名讓我幻滅的男人，不斷逃避著我的眼神……

那晚我沒有與他配對，但我也沒有與跟我配對的人發生關係。我與對方聊了幾句便離開。隔週再集會時，他沒有再出現，我猜他退會了。」

「那你……」他問，感受到自己的聲音十分細小，「在他之後還有與誰發生過關係？」

「只有你。」她的臉沒有表情，但眼神在黑暗中顯得格外晶亮。

「爲什麼？」他乾澀地擠出這幾個字。

亞芙頭轉了回去，重新看著遠方。

「沒有爲什麼。」她的聲音像風一樣飄邈。

他們靜默了一陣子。言語突然從世界消逝，彷彿從來不曾存在過。月光稀疏，雲影黯淡，荒寂的小遊樂場內，只有他們兩人的呼吸聲。

亞芙緩緩轉過頭來，望著他。

艾洛接住她的視線。

他第一次這麼近、這麼仔細地讀著她的臉，她的眉毛細長，鼻樑堅挺，嘴唇小巧而輕薄，她的眼眸像兩個漩渦，將他自己的雙眼捲入。

「艾洛，」她突然開口了，仍舊凝視著他，「我問你一個問題。」

「什麼？」他有些茫然地問。

「你今晚爲什麼去參加集社？」

「你不是問過了？」

「我要你再回答一遍。」

「我想見你。」

亞芙靜默了幾秒，然後又問：「你今晚沒有跟別人上床？」

「沒有，因爲不是你。我發誓。」

艾洛幾乎可以感受到亞芙的呼息，她的臉龐在他面前盪漾著，他與她的視線所搭起的橋樑開始逐漸縮短。她微微閉上雙眼，他則開始聞到她頭髮散發出的香氣。他們的眼神即將合而為一……

一陣悠揚的鋼琴旋律劃破了寂靜。

亞芙身子往後縮，以疑惑的眼神看著他。艾洛則感覺到長褲口袋中有物體躁動不安。

他在內心中詛咒了一聲，右手從口袋掏出了手機。來電者是麥斯克。

「喂？」他冷冷地問。

「艾洛？」麥斯克的聲音很微弱，幾乎聽不清楚。

「什麼事？你的聲音怎麼那麼小？」

「我……我被墨爾綁架了。」

「什麼？」他握手機的五指僵硬起來。

「他知道我打算阻止他……他將我擊昏，帶到會館地下室……我被囚禁……勉強拿出手機……」

「會館嗎？你等等，我馬上過去！」

彼端突然出現一陣雜音，有腳步聲、驚呼聲，還有物體撞擊聲，然後通話被切掉了。

艾洛茫然地盯視著手機螢幕。

「發生什麼事了？」亞芙問。

艾洛直視她。「麥斯克被墨爾綁架了，人在會館地下室。」

「怎麼會……？」

他從鞦韆上起身，「我們得趕快過去！」

29

狹長的公路、陰暗的森林、巨大的山影……一群戴著面具的人們，還有靜謐的會館。這次的舊地重遊，目的卻是不同。

他們兩人站在森林中的入口小徑，艾洛從提袋中掏出手電筒，然後把袋子塞入機車坐墊內。他看了亞芙一眼，女人微微點頭。

「我跟你去，」她說。

「可能會有危險，你確定要來？」

「你自己一人去更危險。」

艾洛沒有回答。接著，他牽起亞芙的手。「走吧，跟緊一點。」

他按下手電筒開關，細瘦的光束切開黑暗，投射入林間小路。

他們進入小徑。

陰冷的空氣瀰漫著，艾洛與亞芙都沒有開口說話。兩人的腳步小心地避開地上的泥濘以及盤根錯節的樹根，持續往會館的方向推進。細微的手電筒光線不斷地驅散黑暗，但迅即又被黑暗吞噬。

很快地，圓拱形的會館出現在眼前，沐浴在血紅色的燈光之中。週遭沒有半個人。

艾洛拉著亞芙往小丘陵的方向而去。

「小心，這邊的草很長。」他細聲提醒她。

他們穿越了洞口前的草叢，進入洞內，裡面的空氣更爲陰濕。艾洛將手電筒光線往地上打去，地道的入口映入眼簾。

他暫時放開了亞芙的手腕，蹲下身子，伸手去拉鐵板上的拉環。鐵板脫離了地面。

「大概是扛著麥斯克的緣故，不方便上鎖。墨爾有可能隨時會回來這裡，」艾洛把鐵板放在一旁的地上。「我先下去，你再下來。」

他站起來，右腳跨上地道中的第一級階梯，然後往下走去。階梯兩邊牆上各裝設有一盞小燈，射出昏黃的光芒。

艾洛擎起手電筒，將光線往前頭打去，底下前方似乎是一條延伸的幽暗長廊。

他回身做了個手勢，亞芙緩緩邁開腳步，下了階梯。

「小心，階梯很陡。」

「我知道。」

亞芙很快來到他身邊。

「跟緊我，這裡很暗。」他耳語道。

他再次抓緊亞芙的手，另一隻手握著手電筒，向前方開路。他們逐漸走進黑暗之中。

兩人雖然已盡力放輕腳步，但足音仍迴盪在這封閉的空間內，混雜著壓抑的呼吸聲，形成一股無以名狀的窒息感。

不知道走了多久，右手邊出現了一扇門，艾洛想起雅斯特莉德說過的話，遂停下腳步。亞芙疑惑地看著他。

艾洛放開亞芙的手，舉起食指放在唇邊，要她別說話。然後他把手電筒轉移到左手，右手探向門把。轉動。門開了。

裡面沒有燈光，艾洛將光線往內打去，首先映入眼簾的是一張木板床，在暗室裡看起來像是放置棺柩的平台，台上空無一人。

——芙蕾雅不在這裡？

突然，他聽見某種聲響。

艾洛豎耳靜聽。一開始的時候，他以爲是老鼠，但更像是人類所發出的支吾聲。他將手電筒光線往室內掃描，光束掃過一道人影。

亞芙緊捏了一下艾洛的手臂。

他可以感覺到自己心臟在疾動，他將光束打回到人影身上。

一名男子坐在椅子上，兩手揹在椅背後，他的嘴中塞著灰布，兩隻眼睛瞪得大大的；他一看見艾洛，身子立刻劇烈晃動起來。

艾洛飛奔過去，一把將灰布扯出，扔在地板上。

麥斯克大口地喘著氣，他茂密的頭髮與落腮鬍增添了室內黑暗的濃度。亞芙也來到艾洛身旁，緊盯著椅子上的男人。

「這到底是怎麼回事？」艾洛問。

麥斯克吞了幾口口水，吐了一口氣，用力眨了眨眼睛，方才痛苦的表情逐漸緩和下來。

「他……他失去控制了，」麥斯克用粗嘎的嗓音說，「我稍早沒有告訴你們，墨爾失控時很可怕，他每隔一段時間就會爆發一次，得吃藥來控制……但沒有什麼效果。」

「他把你銬住了？」艾洛發現麥斯克揹在椅背後的兩手上銬著一副手銬。

「原本是用繩子綁住，但我勉強掙脫並打了手機給你，他發現後便改把我銬住……鑰匙在他那裡。」麥斯克低下頭。

「他人在哪裡？」艾洛問。

「地下的某處，這裡有很多房間……」

「你忍耐一下，我立刻去找他拿。他往哪個方向去了？」

麥斯克沉默了一陣，然後抬頭，望向右手邊，「那裡有一扇門，我不知道通往哪裡，但是他剛剛從那裡出去了。」

手電筒光線朝麥斯克指示的方向照去，出現了一扇棕色木門。

「你等著，我們馬上回來。」

艾洛拉著亞芙朝那向門走去。

「艾洛。」背後傳來麥斯克的聲音。

他跟亞芙停下腳步。

「小心一點，」麥斯克停頓了一下。「墨爾殺過人。」

艾洛沒有回答。

然後他繼續向前走，伸出手搭在門把上，轉動，打開了門。他輕輕用腳將門向後踢開。

手電筒的光線快速射入，掃描了整個房間，裡頭沒有人。

艾洛跟亞芙進入了房間內，並將來時之門帶上。

房內只有一些陳舊的家具：一張沙發靠在右側牆邊，前頭擺著一張長桌，對面的牆前放著一架鋼琴。左手邊另有一扇門。

艾洛走過去，打開那扇門，門外是方才的長廊。

「看來墨爾應該是回到走廊上了，」艾洛說，「我們只得繼續走。」

就在他要往門外踏出時，突然聽見房內出現奇怪的聲響。背後的亞芙發出尖叫。

艾洛迅速轉身，將燈光打入房內，但他什麼都沒看到。他聽見撲倒的聲音，地板上有人發出掙扎聲。他將光線打向地板。

一個人將亞芙壓在地上，左手制住亞芙的右手，右手則倒持著長矛，亮晃晃的刀尖對準亞芙的喉嚨；女人死命用左手抵住對方持矛的右手，但顯然力不從心，刀刃離皮膚愈來愈近……

光線照在那人的臉上，他微微抬起頭。

阿斯摩太那火焰般的臉孔……

刺眼的光線讓對方瞇起雙眼，艾洛迅速踢出一腳，不偏不倚擊中側腹，阿斯摩太悶哼了一聲，翻身倒在地板上。

艾洛感到一陣雷電貫穿胸膛，他不敢相信自己的耳朵。

這到底是怎麼回事？

「艾、艾洛……」

亞芙撐著地板，搖搖晃晃地站起身。艾洛回過神來，趕忙過去攙扶。

「你沒事吧？」他問。

「我還好，他……」亞芙轉過身看著地板上的惡魔。

「他剛剛恐怕是躲在鋼琴後面。」

手電筒燈光照了過去。

阿斯摩太蜷曲在地上，兩手按在腹部，狀似痛苦地蠕動著。他緩緩坐起身、抬起頭來。他的雙眼燃燒著火焰。

接下來的事只在短短幾秒內發生。

阿斯摩太迅速抓起掉落在一旁的長矛，高舉起來，刀尖對準了亞芙。

「小心！」

艾洛用力將亞芙往右邊一推，飛射的長矛從他們兩人之間的空隙穿過，直勾勾地插在通往隔壁房間的門上；亞芙整個人撞上一旁的長矮桌，摔跌在沙發旁。

在推開亞芙之際，艾洛的手電筒因忙亂而掉落。就在他彎身欲拾起時，身體被人重重地撞上，他往後摔去，背部撞在牆壁上。隱隱約約看到一道人影踉蹌奪門而出。

他忍痛站了起來，撿起手電筒，立刻來到亞芙身邊。他把女人扶起。

「他跑到走廊上去了……你有沒有受傷？」

女人按著雙腿搖搖頭，「沒有，沒什麼大礙。」

艾洛兩手抓住亞芙的肩膀，「聽著，跟著我太危險了，你回到麥斯克那裡去，好嗎？」

亞芙凝視著他的雙眼，沒有說話。

艾洛緊盯著她的眼眸，緩緩地說：「你還沒發現嗎？阿斯摩太想殺的是你。」

亞芙的眼神跟他對峙半晌，然後垂了下去。

艾洛放下雙手，走到通向隔壁的房門前，一手將上頭的長矛拔了下來。他重新面對亞芙。

「留在這裡，我很快會回來。」

亞芙沒說話，仍舊垂著眼神。

他看了女人最後一眼，然後轉身朝門口走去。

來到門前，他用手電筒照了照走廊，確定沒人埋伏在外後，便出了房間，順勢帶上門。

他再次站在陰冷的長廊上。

艾洛往前走了幾步，發現左右兩側出現數道門扉。阿斯摩太會在哪一扇門後呢？

他決定從左邊第一道門開始。

這扇門沒有鎖。他微微推開門，左手握緊手電筒，右手握緊長矛，接著一腳將門踢開。

光線射入房內，裡頭沒有家具，相當空曠，就像一個中空的立方體。

也沒有人。

艾洛沒有進入房內，他直接將門關上。

他又視察了左側兩個房間，得到一樣的狀況。就在他正要開第三扇門時，聽見右側房內好像傳來一些聲響。

他放輕腳步走到門前，握住門把，打開了門。

房內竟然滲出燈光。

他一腳踢開門。裡頭是一間臥房，一張鋪著白色床單的床鋪面對著房門，上頭攤著一件散亂的棉被，床頭的黃色小燈亮著，渲染著昏黃的氛圍。

然後，他看到他了。

阿斯摩太坐在地上，背靠著床腳，面對房門。他的頭低垂著，紅色衣袍在腹部處顏色特別深，身子底下的地毯染成了暗紅色，色暈不斷地擴大。

艾洛走近床鋪，蹲了下來，手電筒燈光持續打在紅臉惡魔身上。

他將長矛放倒在地上，然後伸出顫抖的右手。

手指扣住惡魔的頭頂，接著往上掀去。

當他看見面具下的那張臉時，胸膛湧起了一陣碎裂感。

30

莎美抬起頭來，血液從她的唇角溢出——從上揚的唇角。

艾洛掀起她的衣袍，一把金色匕首筆直地插在她的腹部，戴著黑色手套的雙手染滿鮮血。

他感到惶恐。不能拔出匕首，血汩汩流出，該如何止血？

「不、不必了，」莎美說。她的聲音細小、無力。「我……刺得很……深。」她擠出一個笑容，「就刺在……你剛剛踢的……部位。」

「這一切……爲什麼？」他坐在地板上，兩手撐在額頭。

莎美沒有回答，她只是看著他，半瞇著眼。

「阿斯摩太面具是你偷的，」艾洛抬起頭，迎著她的雙眼，「那天跟蹤我的是你。」

莎美只是微笑。

「隔天……你是不是也跟蹤我到會館？」

莎美只是微笑。

突然，令人悚慄的了悟爬上他心頭。

他知道她殺人的理由了。

莎美的笑容帶著血。

「你跟墨爾是什麼關係？」

莎美沒有立刻回答，她持續看著艾洛。血從傷口處繼續湧了出來。

「我……一直想問你一個問題……」

「……什麼問題？」

她緩慢地搖了搖頭。「現在……我知道答案了……」

然後，她的雙眼緩緩地闔上，頭顱低垂而下。

艾洛看著她，靜止不動。

斗室內的光暈籠罩著他倆。

31

「艾洛？」

亞芙的聲音從背後傳來。

他沒有移動，也沒有回應。

「這是怎麼回事？那是……墨爾嗎？」

艾洛緩緩站起身子，但他沒有面對亞芙。

「不是。」他說。

「不然是誰？」

「我猜她只是墨爾的共犯。」

「共犯？攻擊我的阿斯摩太就是他嗎？」

「嗯。」

「他為什麼想殺我？」

「……等我們找到墨爾，就知道這是怎麼回事了。」他彎身撿拾起那把長矛。然後注意到亞芙的表情很不對勁。

她緊緊盯視著莎美的屍體，面容略微糾結。

「艾洛，」她說，「這個人……好像是女的？」

艾洛沒回答，他微微點頭。

「難怪……當我在麥斯克家附近被襲擊時，能那麼容易掙脫她。」

「如果是男人，你早就沒命了。」

「但是，這樣我就更不明白了，」亞芙抿著唇，「她爲什麼想殺我？」

艾洛走到門邊，站在亞芙面前。「先走吧。」

亞芙看了他一眼，低下頭，轉身踏上走廊。

「我不想單獨留在這邊……」她轉頭說，「我跟你過去。」

艾洛沒有立刻回答。他重新握好長矛與手電筒，然後說：「那你要答應我一件事，遇到危險時就趕快跑，不要管我。」

亞芙靜默不語，她看著艾洛的臉，「走吧。」

艾洛轉過身，舉起手電筒，往長廊前方走去。

他們用很快的速度檢查過附近的幾間房，裡面沒有人。

長廊前方左側突然出現了一道雙扇門，這道門的材質與先前的門不一樣，似乎是黃銅製的。這讓人有股錯覺，彷彿門後便是聖殿。

「這個房間不太一樣，」艾洛停在門前，「也許就在這裡。」

「小心。」亞芙說。

艾洛伸手推了推門，兩扇門中間出現裂縫，往後退去。

他緩緩把門推開。

房內亮著昏黃的燈光，一股奇異的氣味飄來，無法辨識出是什麼氣味。當他看到房內的景象時，鼻腔內的空氣瞬間凝結成冰。

這是一個長方形的房間，一盞金黃色的吊燈從天花板中央垂下，燈光從十支蠟燭造型的燈身中射出，將室內暈染成黃昏般的氛圍。

房間中央偏右處橫著一張木床，床上躺著一名女人，她穿著一件米色外套，一雙金色高跟涼鞋。外套上染了大片的紅色痕跡，看起來像是血。

這名女人……

高聳的顴骨、堅挺的鼻樑……那件外套跟那雙涼鞋……墨黑的趾甲……

……雅斯特莉德？

床的左側有著一張木椅，椅上坐了另一名女人，面對著門口。女人全身赤裸，胸部與下體特別白皙，與黝黑的肌膚形成強烈對比。

女人的頭部穿過一張木板，就如同中國古代即將被斬首示眾的犯人，被困在囚車裡，只有頭部露出來。這張木板桌跟椅子是連成一體的，看起來像是某種工作台。

木板上堆滿了白色的物體，像是某種混凝土，覆滿了女人的下半張臉。

女人臉上的表情十分奇異，有著極度的愉悅——就像身在天堂；卻又處於極度的痛苦——就像身在地獄。那股極端矛盾的混融，產生了詭譎的氛圍，讓那張臉散發出莫名的寒慄。

女人的雙眼瞪大，緊緊盯著艾洛，下半張臉被不知名的白色物體包覆，就像被敲碎的石膏像……

石膏像……?

他明白了。那股奇異氣味正是石膏，那白色物體也是石膏了。

有一雙手，揉攪著木板上的石膏，將它推上女人的臉，將之覆蓋，就像做蛋糕一樣，動作之間洋溢著輕快。

那個人坐在女人背後的另一張椅子上，默默地工作著。

亞芙站在艾洛身後，緊緊揑著他的胳膊。

神祕人物穿著黑色的衣袍，戴著黑色的手套，全身上下隱沒在衣袍之中，就像一道影子。

在他身後的牆上，靠放著一大一小的架子，各約兩公尺高。左側的小架子上擺滿了厚重的書冊；右側的巨大的架子上則擺放了許多放置在絨布盒內的人頭石膏像，清一色都是女人面孔，每個人的表情都跟正被石膏覆蓋的女人一樣。

艾洛彷彿可以聽見這些面具的嘶吼。

那個人放下手中的石膏，從椅子上站了起來。他抬起頭來。

那是一張男人的面具，面貌清秀，黑髮，鮮紅的嘴唇，頭上戴著一個金環，額頭處的環上鑲著一個形似水滴的標記。

眼熟的面具，這是集會中五名男神祇其中一名，是誰呢?

神祇的面孔如跑馬燈般迴轉於腦中。安提羅斯?不對，不是天使頭環。藍坡?也不對，不是蟾蜍面具。難道是卡瑪?當然不是，眉宇間沒有紅點。

只剩下……

……希莫羅斯。

所以墨爾是戴著希莫羅斯的面具，混在成員之間參加集會？

「你是墨爾嗎？」好長一段沉默後，艾洛用乾澀的語調問道。

希莫羅斯張開雙臂，像在歡迎他們。「厄洛斯與亞芙羅黛蒂……眞是稀客。歡迎光臨我的『聖域』。」對方的聲音十分低沉，混濁不清。

「你怎麼知道我們的身分？」

「阿斯摩太無所不知。」

「你到底幹了什麼事？這兩名女人是怎麼回事？你殺了她們？」

「不，你錯了，我讓她們獲得永生。」

阿斯摩太轉過身，從背後的架子上拿起一個紫色絨布盒，裡頭放著另一名有著奇異表情的女人頭。那石膏像做得栩栩如生，臉部的輪廓、凹凸狀況與眞人無異，整張臉似乎被上過色，皮膚以蠟黃色呈現，嘴唇則偏向慘白。女人的頭部黏貼著黑髮。

「這是芙蕾雅死亡那一刻的臉，」阿斯摩太將面具展示給兩人看，「我精準重現了那一刻的畫面，不管是表情、色澤或是氛圍……這頭髮是直接從她身上取下來的，絕非不自然的假髮。你們看看，這張臉是多麼地美麗。」

「你……到底對她們做了什麼？」艾洛強忍著從喉嚨湧上的噁心感。

阿斯摩太搖搖頭，「看來你還不懂，我得說明一下。」他把芙蕾雅的臉放在木板上，然後轉身從書架抽出一本大開本的書冊。他將書冊打開，翻頁，流露著學者般的慢條斯理。「我現在所做的這藝術品叫做『死亡面具』，又稱『遺容面具』。通常是用蠟或石膏來保留死者死亡時的面容。死亡面具的功用除了做紀念外，也可被當成肖像畫的材料。它的歷史可追溯回古埃及時期，埃及人雕塑法老王的面具，將其戴在木乃伊的臉上，認爲面具可以增強靈魂的力量，阻止邪惡入侵。但這時的死亡面具並非是以死者的面容作爲模型來製作。」阿斯摩太攤開書冊內的彩色插圖，展示給艾洛看。圖片中法老王的黃金面具熠熠生輝。

艾洛緊繃著身軀，視線避開面前的兩具屍體。亞芙靠在他身後，十隻手指緊緊扣著他的手臂。

「到了中世紀，用蠟或石膏製作死亡面具的潮流興起了。直接以死者的臉作爲模子，讓死者以面具的形式存活下來……多麼偉大的藝術品！」他又展示著書上許多張石膏製的死亡面具，「你知道這件事對阿斯摩太的意義是什麼嗎？」

艾洛沒有回答，他凝視著希莫羅斯的臉。

「阿斯摩太是淫慾公子，他要征服世界上所有的女神，並保留她們的美。女人最美的一刻是什麼時候？你曉得嗎？性愛高潮時的臉龐？不，不是。」他壓低聲音：「是在高潮時死去那一刻的臉龐。」

艾洛突然懂了。他想起會館六個房間的房門前所吊掛的面具。喉嚨那股反胃感愈來愈強烈。

「你瘋了，」他說，「你利用會社來殺人？」

「不，不是殺人，是藝術。」阿斯摩太用手撫摸著芙蕾雅的臉龐。

「我全都懂了……你殺死每個禮拜跟你配對的女人，然後再製作她們的死亡面具……收集女人高潮的死亡面具，這才是假面會社成立的用意！你設計讓會員戴上面具集會，再加上遮補規則以及撲克牌遊戲的亂數配對……這些機制巧妙地掩飾了你眞正的目的……你被阿斯摩太附身了！」

「我就是阿斯摩太。」

「不，你是墨爾，你的心智扭曲了。」

阿斯摩太突然靜默。然後定立不動。

阿斯摩太兩手扶住自己的臉頰，緩緩摘下了希莫羅斯的假面。

面具底下的那張臉令艾洛的背脊一陣寒悚。那就像是一團腐爛的肉塊，腫脹、潰爛，五官隱藏在皺褶的肉丘之中；光禿的頭頂上只有紅色扭曲的疤痕與隆起的肉瘤。

艾洛別開眼神。

突然，背後傳來嘔吐聲，亞芙彎下腰，雙手按在腹部，淡黃色的液體從她的嘴中一湧而出，灑落在地板上。

艾洛趕忙拍著她的背。吐了一陣後，亞芙輕輕伸手撥開艾洛的手，搖搖頭。

她從皮包中掏出一包面紙，抽出一張，開始擦拭著嘴角。她的手指在顫抖。

「不要緊，」她低聲說。

艾洛突然一陣頭暈目眩。

地上的嘔吐物，滿架子的死亡面具，半張臉被石膏覆蓋的全裸女屍，渾身是血的雅斯特莉德，芙蕾雅的死前面容，還有那張被火燒爛的臉孔……

胃液湧上喉嚨，來到口腔中，噁心的味道觸動生理機制，他進入了嘔吐狀態。

艾洛迅即摀住嘴，將感官的感知內容從意識中切離，讓心靈呈現一片白紙。

他將胃液吞了回去。

當意識再度回來時，口腔中充滿作嘔的味道；他盡量不去感知它，而是看著地板，避開墨爾的影像。

「我還有一件事不明白，莎美是怎麼跟你搭上的？」艾洛穩住情緒，問道。

墨爾沒有立刻回答，而是發出了低沉的聲響。好一陣子後艾洛才注意到那是笑聲。

「可憐的女孩，她想要得到這世界上所不存在的事物，最終只能以悲劇收場。」

「告訴我重點，不要拐彎抹角。」

「……她第一次跟蹤你，原本只是想找出你心神不寧的原因，後來你碰巧進了面具博物館，她聽見了你與麥斯克的談話，決定潛入會館，來個抓姦在床。她順手拿了一副面具，以便到時方便潛入。那副面具恰好是阿斯摩太的面具……眞是命運的巧合。」

「這些是她告訴你的？」

「請不要打斷我好嗎……？後來她跟蹤你到會館，偶然發現了地道。那時跟我配對的女人正在洗澡，我從窗戶看見她走進地道，才想到似乎稍早忘了將通道上鎖，趕忙過去處理。她被我襲擊，受了點傷，流了點血，但沒大礙。我沒有殺她，因爲我不清楚她的來歷，對於不明來歷的人我會格外小心，以免引來不必要的調查。我把她帶回地下會館，搜了她的身，發現她帶著阿斯摩太的面具，我覺得很有趣，很想了解她的目的。

她到第二天才醒來，我進房間時發現她竟然拿著手機——我前一晚疏忽了，忘了她身上可能有手機。我以爲她要求救，立刻將它奪過來。」

艾洛終於明白當初莎美那通電話的意義了。

「一開始她反抗，但我表明沒有惡意，她的戒心卸除之後，她開始問我關於這個會社的事。後來，也談了一些你的事。」墨爾的語調突然變得很奇怪。

「我？她說了些什麼？」

「說了什麼不重要，但我認爲你該受到懲罰，你讓一名天使墜落地獄……她是一名好女孩。」

「你慫恿她攻擊亞芙嗎？」

墨爾笑了，笑聲非常詭異，「不，一切是她自己的行動，我後來並沒有限制她的自由。你應該反省她爲什麼會做出這些事。不過，我原本以爲她會攻擊你。」

「夠了，說這些都沒有用，她已經死了。」

沉默。

「你說什麼？」阿斯摩太的聲音從地獄傳來。

「她自殺了。」艾洛握緊了手中的長矛，「她襲擊我們不成，用匕首自盡了。」

那只是一瞬間的事，快到艾洛完全無法反應。

墨爾衝過了工作台，木桌椅被撞歪，裸女屍體歪向一旁。

阿斯摩太強而有力的雙手箝住了艾洛的脖頸。

32

手電筒與長矛掉落到地上，艾洛兩手緊緊握住墨爾的雙手，試圖撥開它們，但徒勞無功。那雙戴著黑色手套、沾滿石膏的手就像螃蟹的鉗子一樣，緊緊扼住他的咽喉。

墨爾那變形的臉距離他只有幾公分，斑駁的皮膚令艾洛閉上了雙眼，他覺得自己的靈魂快被擰斷了。

「放開他！」亞芙尖叫。

墨爾突然改變施力的方向，將艾洛的身子往另一邊拋過去。他整個人的背部重重地撞在木板床邊緣，痛楚從背脊蔓延至全身，他靠著床癱坐在地板上。雅斯特莉德驚恐、睜著大眼的死亡面容瞪視著他。

墨爾撿起地上的長矛，面對著艾洛。

「跑！快跑！」他對著墨爾身後的亞芙大叫。

墨爾轉過身，向前撲去，亞芙被推到門邊。黑手套掐住她粉嫩的頸子。女人的表情開始扭曲。

艾洛忍痛站起身，一把抓起工作台上的芙蕾雅面具，然後一個箭步向前，將死亡面具重重地揮打在墨爾的後腦上。

石膏製的女人臉龐碎裂了。

墨爾摔倒在地上，發出混濁的呻吟聲。

艾洛奔過墨爾身邊，快速拾起地上的手電筒，然後來到亞芙身側。

「你還好嗎？」

亞芙咳了幾聲，她的頸部的皮膚泛起微微可見的指痕。

墨爾按著後腦從地上坐起。

艾洛抓著亞芙的手，將她拉出房外。他們往左邊跑去，長廊往前延伸。他立刻發現自己犯了一個錯誤。

如果要離開地下會館，出了房間後應該往右轉。

艾洛轉頭，阿斯摩太已經出現在走廊上。

不能回頭了。

他扯著亞芙的手，加快腳步。兩人奔馳著。

前方的廊道上完全沒有燈光，一邊跑步一邊照明是不可能的事，此刻手上的手電筒幾乎是無用狀態。他們憑著本能在探索道路。

直行了一陣，艾洛突然望見前方出現一排欄杆，但來不及停下腳步，便整個人撞了上去。

「艾洛！」亞芙趕忙拉住他的身體。

「不要緊，」他向後退去，揉揉大腿，「撞擊力道不大。」

他發現欄杆在搖晃，似乎因爲年久失修而有些腐朽。

他用手電筒掃射四周，發現這裡是一個寬敞的空間。

這個空間呈現正方形，是兩層樓中間鏤空的設計，欄杆圍成四邊形，形成一圈迴廊，可以俯瞰樓下，下面看起來像是旅館大廳，有幾座沙發跟櫃檯。樓上左右兩邊的廊道上各有三扇門，都是緊閉的。對邊的廊道上空無一物，顯然地下會館的範圍至此爲止。而他們所在的這條廊道正是四邊形的其中一邊，連通著來時的長廊，形成T字形。

「他快過來了！」亞芙望著來時之路。

艾洛將手電筒往樓下大廳扔去，不偏不倚掉在沙發上，微弱的燈光在黑暗的大廳中形成一點光源，就像特大號的螢火蟲。接著他把亞芙拉到廊道左邊的角落，示意她蹲下身，自己則站立著緊貼牆壁。

他屏息以待，頭部維持望向右側的狀態。

在黑暗中，艾洛看見墨爾的身影出現在廊道上，對方立刻靠近欄杆往下望去，他顯然被光源所吸引了。

艾洛以最快的速度衝了過去。

他原本的計畫是將對方推下欄杆。不過他是從對方的左側，而不是背後推撞。此處地形讓他別無選擇。

他原本以爲自己能藉著施力方向的改變，將墨爾斜向推落，但事與願違，他反而將對方撞離欄杆，兩個人一同摔到廊道右側角落。墨爾手中的長矛落在地板上。

艾洛正要站起身時，對方猛撲了過來，將他整個人壓住，兩人身體與一旁的欄杆成平行；墨爾跨坐在他身上，雙手扼住他的咽喉，這次力道比之前更大，他一瞬間便頭暈目眩。

艾洛十指緊扣住墨爾的黑手套，如果對方沒有戴手套的話，他的指甲恐怕已經滲入墨爾的指骨內了。不，就算對方沒有手套，皮膚似乎也是異常堅硬。他到底該怎麼反擊……

眼角餘光瞥見掉落在一旁的長矛。如果這時候右手能搆到長矛，便可以給對方致命一擊，但是他知道那是不可能的事，距離太遠了，而且他的意識已經開始昏花。

生命盡頭到了。

就在他眼皮顫抖那一刻，在視界邊緣的長矛突然動了起來。一道影子拾起了它，然後往墨爾背後用力擲去……

阿斯摩太低吼了一聲，螃蟹般的雙鉗瞬間失去力道。艾洛用盡力氣往左邊翻身，將墨爾整個人推向欄杆，然後右腳用力踢出去。

翻身墜落的阿斯摩太撞飛了一截欄杆，長矛被碰掉，率先落下；接著整個人連同欄杆飛落大廳。

他聽見重重的撞擊聲。

艾洛鬆了一口氣，索性讓自己躺在地上。他無力再爬起。

亞芙蹲下身來，用擔憂的眼神看著他。

「謝謝。」艾洛擠出微笑。

「只是回報你剛剛救我……我們趕快離開這裡。」

「我知道，」艾洛輕輕嘆了一口氣，然後試著站起身來。他的脖頸隱隱作痛。

「糟了。」亞芙突然驚呼一聲。

「怎麼了？」

「我們忘了麥斯克的手銬鑰匙。」

艾洛沒有回答。他緩緩轉身，站在欄杆的缺口，往樓下看去。

因爲底下手電筒光線角度的關係，只照到墨爾的下半身，穿著黑靴的雙腿橫陳在桌上，上半身則隱沒在黑暗中。

「鑰匙恐怕在他身上，」艾洛又嘆了口氣，「我們得找路下去。」

「等等，」亞芙注視著地板，「也許不用。」

她彎身，從艾洛腳邊撿起了某物。她打開手掌。

那是一把小鑰匙。

「應該是剛剛打鬥時從他身上掉落的。」亞芙說。

艾洛接過鑰匙，把它握在掌心，「好運總算也有眷顧我們的時候……」他從口袋中掏出手機，「我們得暫時仰賴手機的手電筒功能了。走吧。」

重新回到走廊上，他們藉著比先前更微弱的光線前行，由於已熟悉道路狀況，加上沒有其他阻礙，他們很快地回到了先前麥斯克所在的房間。

艾洛打開門，將光線打入。

椅子上是空的。

光線射入房間內其他地方，裡頭空無一人。

「奇怪？」艾洛進入房內，繞了一圈。

「他是不是自己掙脫了？」亞芙說。

「很有可能，你看，通往隔壁的房門是開的。」

隔壁房間正是稍早莎美襲擊他們的地點。

「過去看看，」艾洛說。

兩人走入隔壁房間。簡單檢查後發現裡面沒人。

「難道他往其他房間走去了？」亞芙轉頭看著四周。

「等等……」艾洛將食指放在嘴唇上。

亞芙噤聲。

艾洛走到通往走廊的門前，這扇門是關上的。他側耳傾聽。

外頭傳來踉蹌的腳步聲，那人走得十分緩慢，彷彿一邊走一邊諦聽著自己的腳步聲。

另外，還有微弱的金屬碰撞聲。

艾洛離開門邊，來到亞芙身旁。

「躲到鋼琴後面。」他耳語道。

兩人快速閃身到鋼琴後邊，彎下身來。艾洛切斷手機的手電筒燈光。

等了一陣，門外的腳步聲逐漸遠去。艾洛用手按著亞芙的膝蓋，示意她繼續等。

兩人在黑暗中屏息。

沒過多久，腳步聲又出現了，仍舊伴隨著金屬碰撞聲，一道人影站立在通往隔壁房間的門邊。那個人又走了幾步，來到房間中央，他的兩手揹在身後。

是麥斯克。

艾洛打開手機的手電筒功能，直起身來。

「是我，艾洛。」他將燈光打在麥斯克身上。

對方後退了一步，似乎受到驚嚇，睜大了雙眼，「原來你們在這裡！」

「你跑哪去了？」艾洛問。

「我去找你們。我想不能讓你們去冒險，墨爾可是很凶殘的……我從椅子上掙脫，但掙脫不了手銬。我找了幾個房間，但沒看到你們。」

「你的腳怎麼了？」

麥斯克的眼神突然低垂，「我看到了那個房間。那個放滿死亡面具的房間。」

艾洛和亞芙沉默著。

「我剛剛發現那個房間時，裡面沒有人。但我一看到裡面的景況，我就知道墨爾幹了什麼好事，我終於明白他創立這個會社的企圖了……在發現那恐怖景象的瞬間，我因爲太過震驚，撞翻了門邊的一個架子，摔倒在地上，扭到了腳。」

「你沒有來過地下會館？」

麥斯克搖搖頭，「沒有，墨爾不讓任何人進入。要是我來過，早就知道眞相了。你們剛剛發生了什麼事？有見到墨爾嗎？」

「何止見到，差點就被殺了。」艾洛簡述方才的事。

「我的天！」麥斯克不住地搖頭。

「先替你解開手銬吧。」

「你們拿到鑰匙了？」麥斯克瞪大了雙眼。

「原本不可能拿到的，」艾洛繞到麥斯克身後，「你別動，我幫你解開。」

「謝了。」

艾洛右手拿著鑰匙，左手拿著手機照明。他將鑰匙插入手銬上的小洞，然後轉動。喀地一聲，手銬解開了。

「老天，我終於自由了。」麥斯克說。

艾洛右手握著手銬，方便讓麥斯克把雙手從手銬中脫出；但由於他同時拿著鑰匙，不好使力，所以持著手機的左手也上前同時扶住手銬。手指忙亂的結果，一時沒拿好，手機掉了下去。

麥斯克將雙手從背後挪移到面前，轉了轉手腕。

艾洛右手提著手銬，左手持著鑰匙，彎下身去撿拾掉落的手機。

就在他的手要碰觸到手機的那一剎那，身體停格了。

手機的光線延伸在地板上，恰好照在麥斯克腳上的黑靴子。

「艾洛？你怎麼了？」亞芙問。

麥斯克皺著眉，也轉過身看著他。

艾洛沒有回答，停頓一陣後，他才撿起手機，然後站起身。

「艾洛？」亞芙語氣急促起來，「發生什麼事了？你的表情好奇怪。」

「亞芙，」他的聲音很冷，「後退，退得愈遠愈好。」

33

「你在說什麼?你——」

亞芙話還沒說完，左手就被艾洛拉住，整個人被拉扯了過去。

艾洛把亞芙拉到通往隔壁房間的門前，然後擋在她面前。他們與麥斯克拉開了一段距離。

「艾洛，你在做什麼?」麥斯克眉頭愈皺愈深，牽動著濃密的捲髮與鬍鬚。

「麥斯克，麥斯克，」艾洛像機器人般地呢喃，「mask……在假面會社中，戴著面具的人都不能信任。但我忘了一件事，」他緊緊盯著對方，「名字本身就是一種面具。」

「艾洛，你在打什麼啞謎?我愈來愈不懂了。」

「……鞋子，你穿的鞋子跟墨爾一樣。」

麥斯克的表情凝結了。他緩緩低下頭，看著自己腳上那雙黑色靴子，上頭飾著閃亮的銀扣。

「我看得非常清楚，」艾洛說，「剛剛墨爾摔落在大廳時，我清楚看見他腳上穿的鞋子款式。總不會那麼巧，你跟他今天穿的鞋子一模一樣吧。」

「你看錯了，」麥斯克說，「你絕對看錯了。」

「墨爾摔傷了，你也摔傷了，這是第二個巧合嗎?」

麥斯克的臉嚴峻起來，「艾洛，現在不是開玩笑的時候，就算有巧合好了，可是你忘了最重要的事，我根本長得不像墨爾啊！」他望向亞芙，「亞芙，你來評評理，你說對不對？」

「艾洛，他說的沒錯，你怎麼解釋這件事？」

「很簡單，不要忘了麥斯克是製作面具的高手，」艾洛指著麥斯克的臉，「你那濃密的捲髮與落腮鬍恐怕是另一張面具，掩蓋住你燒傷的臉！你才是真正的墨爾！」

「你別胡扯。」

「那你肯讓我檢查嗎？」

「有這個必要嗎？」

「你不讓我檢查，我便無法相信你。」

「我手上銬著手銬，怎麼可能是剛剛跟你們搏鬥的墨爾？」

「你有手銬的鑰匙，搞不好還有兩副！當我們離開去探查其他房間時，你便解開手銬，溜到製作死亡面具的房間內等我們，換裝花不了你多少時間，你只要披上黑色長袍，再戴上另一副面具就可以了。你摔落大廳後，聽見我們要回去找麥斯克，於是立刻換回麥斯克的裝扮，並重新銬上手銬走回來。就這麼簡單。可惜你的即興把戲忽略了鞋子。」

「你的玩笑開夠了。」

「別轉移話題，你肯讓我檢查你的臉嗎？」

兩人的眼神對峙了半晌。

「你要檢查就來吧。」麥斯克打破沉寂。

「那請你轉過身，背對我。」

麥斯克猶豫了一下，「不，你直接走過來檢查。」

「你想趁我檢查時偷襲我吧？你打算殺了我們，因爲我們已經知道這個會社的所有祕密了。」

麥斯克沒說話。

「如果我眞的錯怪你，」艾洛繼續說，「那請你留在這裡，然後讓我們離開。」

麥斯克沒說話。

「我說過，我不是正義的捍衛者，我對於揭發罪行沒有興趣，我關心的只有我自己的權益。你想殺人跟我沒有關係，但如果你要殺的人跟我有關係，那我就不能允許。」艾洛加重語氣，「讓我們走，我們會把今晚的一切全部忘掉。」

麥斯克凌厲的眼神盯視著他。

沉默。

麥斯克別開視線。

「滾，然後永遠消失。」

艾洛看了麥斯克最後一眼，把手銬跟鑰匙丟在地板上，然後拉著亞芙的手，轉身離開房間。

他們走入隔壁房內，然後再出到長廊上，沿著長廊的起點而去。

兩個人都沒有開口。

當他們來到通向地面的階梯時，艾洛抬頭望去。

高高在上的鐵板是蓋上的，只有兩邊的壁燈亮著。

「奇怪，我記得我剛剛沒有蓋上。」艾洛將手機收進口袋中，爬上階梯。

他伸手去推板子。文風不動。

他仔細觀看鐵板四周，發現左右兩側各有兩個鎖孔。

「不行，得用鑰匙才打得開。」他對著階梯下的亞芙說。

當艾洛正要走下階梯時，突然望見一道人影站在亞芙身後。是麥斯克。

「不好意思，我稍早時上了鎖，」對方說，「原本沒打算讓你們出去。」

「請你打開。」艾洛說。他走下階梯。

亞芙靠到牆邊，讓麥斯克通過。當面具館主人走過艾洛身邊時，停頓了一下，但立刻又繼續往前，腳步一跛一跛的。

麥斯克上了階梯。然後他往長褲口袋中摸索，掏出一小串鑰匙。

他用右手將鑰匙插進左邊鎖孔內。

很快地，左邊的鎖打開了。麥斯克將鑰匙插進右邊的孔。右邊的鎖也開了。

麥斯克轉過身，面對著台階下的艾洛。「你們原本不應該活著出去的，非常不應該。」

艾洛靜靜看著他。

「不要忘了我們的約定。」

「你可以信任我。」艾洛說。

麥斯克瞪了他一眼，然後轉過身，右手往上一推，將鐵板推到一旁，正方形的通道口露了出來。

麥斯克爬了出去。他的動作相當遲滯。

就在艾洛往上走了幾步之際，頂上的麥斯克突然說：「等等。」

接下來發生的事快到讓艾洛措手不及。

麥斯克迅速彎下身子，兩手抬起鐵板，直起身。他將板子斜向往艾洛頭上砸去。

在那短暫的一瞬間，艾洛立刻往階梯下退去。

後來回想起來，如果沒有這個反射性的動作，他的頭顱早已被削去一半了。

鐵板飛過他的頭上，然後掉落在遠處，發出重重的聲響。

他的腦中掠過一個念頭：麥斯克不可能讓他們活著離開。

明白這點後，艾洛立刻往上撲過去，撞在麥斯克身上，兩個人翻倒在地。

麥斯克因爲摔傷的緣故，威力明顯減弱；艾洛一腳將他踢開，然後快速起身。

他發現對方的頭髮與鬍鬚的角度相當奇怪，就像是整張臉歪斜似的。

麥斯克一手往臉上抓去，如叢林般的頭髮與落腮鬍整把被扯下來，隱沒在底下的臉孔顯露出來。

那是不久前才見過的墨爾。

墨爾把面具甩到地上，站起身來，從身後掏出一截金色的短棍，兩手握著棍子的兩端，然後用力抽拉，棍子被拉成數截，尾端現出刀刃，上頭有一小片暗紅污漬。

阿斯摩太的長矛原來是伸縮棍。

惡魔朝艾洛逼近。

四周完全看不到可供利用的武器，他後退了兩步，突然踢到一塊硬物——是剛剛那塊鐵板。

他注意到亞芙已經不知道在什麼時候來到墨爾身後，站在地道口旁邊。他腦中擬了個戰略。

艾洛盯著亞芙的眼睛，不斷游移著眼神。他不知道亞芙能不能明白他的意思，但現在只能靠默契了。

墨爾終於注意到艾洛直盯著他的身後。艾洛知道機會來了，立刻說：「很遺憾，你輸了。」

墨爾快速轉身，似乎以為背後有人要偷襲他；亞芙立刻跳開到一旁，現出身後的地道口。

就在對方背對艾洛的那一瞬間，他用最快的速度彎身拾起鐵板，扔了過去。

板子擊中墨爾的背部，正好砸在一塊暗紅色的區塊——很有可能是剛剛被亞芙刺傷之處——他往前跌去，整個人摔進了地道口。

艾洛奔了過去。

他跟亞芙擠在地道口往下看。

在壁燈的光暈中，阿斯摩太側身躺在台階最底下，眼珠子看起來似要瞪出眼眶，與他一同跌落的長矛斷成兩截，其中一截倒插在他的胸口，顯然是在墜落的時候，因為碰撞角度的關係而造成如此結果。

他的頭部看起來十分不對勁，有某部分的頭皮似乎脫落，但卻又沒有看到血絲。

兩人沉默地盯視著這幅景象。

「他的頭……怎麼回事？」亞芙細聲說，聲音微微顫抖。

艾洛往階梯跨了一步。

「你要幹什麼？」亞芙叫住他。

「沒事，不用擔心。」

他緩緩走過冗長的階梯，來到底下，彎下身子，確定墨爾不可能再起身後，從口袋中掏出手機，打開手電筒，照射墨爾的頭部。

果然跟他想的一樣。

艾洛用左手持手機，伸出右手，五指扣在凹凸的肉瘤上，然後往一旁拉扯。

墨爾潰爛的整張臉被扯了下來，就像洩了氣的皮球；兩個空心的眼洞看起來格外嚇人。

艾洛把爛臉面具丟在一旁，將光線打在男人的臉上。這人留著三分頭，面容略微粗獷，雖然只能看到側臉，但隱約仍看得出是麥斯克去掉頭髮與落腮鬍後的臉。

他嘆了一口氣。

「艾洛？」亞芙的聲音從頂上傳來，「難道……」

他微微點頭。「那張被燒毀的臉也是面具……不愧是假面之夜的主宰，層層僞裝，我都快分不清楚哪張才是他眞正的臉了。」

艾洛快速地搜了對方的身子。找到一串鑰匙。

他回到地面上。艾洛檢查了一下地上的鐵板，這是兩邊都能用鑰匙上鎖的構造。他撿起毛茸茸的麥斯克假面，往地道內扔下去，然後重新覆上鐵板，用鑰匙上了鎖。

「就讓整件事塵封在地底下，你覺得如何？」他問亞芙。

亞芙凝視著他好一會兒，然後回答：「我沒意見。」

「找個地方把鑰匙扔了吧。」

「嗯。」

兩人挖了些石頭與土塊將地道口掩蓋後，他拉著亞芙的手，在暗夜中離開了洞穴。

34

艾洛坐在「星夜」二樓的老位置，望著窗外，啃著雞肉三明治，一邊啜飲著玉米濃湯。這頓早午餐味道不錯，不過外面的天氣差了點，雲層密布，陰鬱凝滯。看來壞天氣又要回來了。

距離那個恐怖的夜晚，已經過了一個禮拜。

艾洛一直覺得，那晚就如同一場死亡之夢一般。不，打從他遇見麥斯克的那刻，他就已經進入了這場夢。

現在他已經醒了。

艾洛後來查了點資料，麥斯克所說關於許凌園的故事的確屬實，許凌園確實有個臉被燒傷的私生子。他本來以爲麥斯克謊稱自己是許青堯，但顯然這更有可能是實話，因爲麥斯克的臉根本沒事。換句話說，許青堯盜用了墨爾的身分欺騙艾洛跟亞芙。

又是面具。

他不知道許青堯跟墨爾的關係是否眞如麥斯克所述。他查不到許青堯現在人在何處，墨爾就更不用提了，連眞名都查不到。倒是許青堯的學經歷查得相當清楚，的確如他自己所述，曾負笈美國及義大利學習藝術。

他本來以爲麥斯克的心智扭曲是因面孔毀傷所致，但看來不是。他從許青堯台面上的經歷找不出變態的背景原因。也許，他正是天生的犯罪者吧。

看似正常的人其實不正常，可能不正常的人實際上卻正常……

就像戴著面具一樣。

回想起來，他早該懷疑麥斯克的身分，他忽略了太多疑點跟破綻。

「在長矛的尖端，真的什麼都沒有嗎？」

「沒有。」

「連紅色的污漬也沒有嗎？」

「沒有那種東西，你是不是看錯了？」

此外，還有別的。

「喂？」對方的聲音聽起來悶悶的，而且很小聲。

「麥斯克嗎？我是艾洛。」

「噢，什麼事？」

「真抱歉，你在睡覺嗎？」

「唔……沒關係。找我什麼事？」

「我在會館附近找到了一個洞穴。」

「哦？」

艾洛猜想，墨爾那時應該正忙著處理雅斯特莉德，或當晚與他配對的女子吧。

「艾洛，」麥斯克說，「我們碰個面，我告訴你一些事情。約十二點好嗎？在我家。」

……看了一眼手機上的時間，還不到十一點，難怪，非得約這麼晚。

「你不想要回面具嗎？」

「……有些面具是做成對的，這個阿斯摩太面具還有另一副……」

他一直誤認為當晚偷竊面具的人就是真正的阿斯摩太，也一直忽略了面具有兩副，所以從來沒有懷疑麥斯克。照情況看來，阿斯摩太裝扮的行頭恐怕有兩套，一套墨爾使用，一套莎美使用。

此外回想起來，麥斯克為了製造自己不是會長的假象，在艾洛第一次造訪面具博物館那天，還假意打電話給會長，請示艾洛入會之事。他當時完全沒有察覺對方在演戲。

後來，他自己太深入調查阿斯摩太的不法活動，加上亞芙也陰錯陽差被扯入，才會讓麥斯克決定設下陷阱，引誘他們回到會館予以滅口。

艾洛嚥下最後一口三明治，然後配了一口濃湯。

他很想知道會社是否有繼續運作下去，昨天晚上的集會沒有了麥斯克的打理，會員們拿不到下禮拜的磁卡。他們也不可能聯絡到麥斯克。

也許，有人會發現麥斯克消失了，然後所有人會開始討論如何延續會社。

不知道為什麼，他總覺得會社應該會解散。

但這些現在都不關他的事。

麥斯克跟莎美的失蹤遲早會引起注意，然後被調查，地下會館的祕密或許會被揭穿，也或許不會。

只要警方不可能找上他，他不在意結果如何。

莎美……

他想起莎美死前的樣貌。

還有她死前未說出口的問題。

艾洛搖搖頭，輕輕嘆了口氣。

突然，一小盤乳酪蛋糕遞到他面前。他抬頭一看，蕭邦站在桌邊。

「你很常陷入沉思呢，」對方笑著說。

「是嗎？這蛋糕是……？」

「給你嚐嚐，味道應該不錯……三明治用完了嗎？我幫你收走。」

那握住餐盤的左手此刻橫陳在他面前。

不經意地一瞥，他望見對方左手腕處有著一個十字形的青色胎記。他以前從來沒有注意過蕭邦的身體特徵，只記得他的臉。

艾洛僵住了。彷彿被凍結。

他相當清楚自己在何處看過這個圖案。

餐盤從他面前被移走。

「又陷入沉思啦？」

「不……沒什麼。」

「難道是做著什麼白日夢？」蕭邦微笑。

「或許吧。」

「不知道自己在作夢的夢，才是好夢呢。」

「我同意。」

「可惜，就算是這種夢，也難逃夢醒時分。」

「……是。」

「這週末有什麼活動嗎？」

「沒特別的事，繼續寫論文吧，你呢？」艾洛深吸了一口氣。

「跟老婆小孩去餐廳吃飯，已經訂位好了。」

「真不錯，什麼好日子？」

「結婚紀念日。」他的笑容擠出了臉上的皺紋。

艾洛盯視著對方，「你果然是大家口中的好丈夫呢。」

蕭邦的眼睛閃動了幾下，「……你以後一定比我更好。」

說完，店主便下樓去了。

35

下午的時間，艾洛回到住處，拾起許久未碰的博士論文相關文獻，裡頭有多篇文章探討中古世紀的情慾文學發展，全數皆是關於戀足癖與性行爲的研究。他鑽研這個議題已經有好長一段時間了，如今論文已完成了三分之一。艾洛讀了兩個小時，感到眼睛酸疲。

他躺到床上，不知不覺，意識模糊起來。

他發現自己身在一個有著水晶吊燈的華麗大廳，大廳中似乎舉辦著一場化裝舞會，每個人都戴著面具，面具種類十分多樣，有人臉面具，也有怪物面具，彷彿各個星球的生物都齊聚一堂。

他飄在人群中，知道自己正在尋找一個人，但卻遍尋不著。

然後，他看見一副熟悉的面具。一副紅色的惡魔面具。

阿斯摩太站在流動的人群中，凝視著他。他的右手架著一名女人，女人戴著亞芙羅黛蒂的假面。艾洛衝上前去，推開了阿斯摩太，將亞芙拉了過來。女人緊緊依偎在他身邊。他感受到她掌心傳來的體溫。

他聽見面前的惡魔在獰笑。

艾洛走向前，一把扯下了阿斯摩太的臉，但底下卻是另一張臉，希莫羅斯的臉孔凝視著他。

他用力扯下了希莫羅斯的面具，底下出現了麥斯克毛茸茸的臉。

他右手再度揮出，扯掉麥斯克的臉。接著是墨爾燒毀的臉龐對著他獰笑。

那張臉也很快地被撕掉了。許青堯的臉定定地看著他，唇角緩緩揚起。

艾洛猶豫了一下，他不確定這張臉是不是面具，但猶豫沒有持續太久，他伸手抓住對方的臉，然後用力拉下。

那張粗獷的臉脫落了，底下是另一張男人的臉。

那張臉瘦削、年輕，帶點頹喪的氣息，艾洛突然覺得那臉孔十分熟悉……

那是……

那是他自己的臉。

他驚恐地往臉上摸去。他的臉上是否戴著面具？如果「自己」就站在對面，那自己又是誰？或者是，對方戴著自己的面具？面具底下又是哪一張臉？他摸不出來……

突然，會場響起了一陣悠揚的鋼琴聲，所有人都仰頭望向高聳的圓拱形天花板，琴聲似乎是從那裡傳來……

雙眼一睜，艾洛發現自己回到床上。

他的手機在床頭櫃躍動著，奏著鋼琴曲。

他從床上一躍而起，抓起手機。

來電顯示：亞芙。

「喂？」他的喉嚨乾澀。

「艾洛嗎？我是亞芙。」

「我知道。」

「你等等有空嗎？」

「當然有，什麼事？」

「我可以去找你嗎？」

他十指一緊，沒有立刻回答。

「如果不方便的話——」

「不，當然方便，只是你不知道我住哪裡吧？」

「你告訴我地址，我過去找你。」

艾洛告訴她地址。

「你吃過晚餐了嗎？」

「還沒。」

「那你先不要吃，我買過去給你。你想吃什麼？」

「不用這麼麻煩，我們到外面吃，我請你。」

「等一下好像會下雨，趁現在還沒下，我買過去給你吧。」

亞芙堅持要來，他爲什麼要放掉這個機會？

「好，那我等你。」他回答。

「那我隨便買，可以嗎？」

「我什麼都吃。」

「我半小時內到。」

亞芙掛斷了電話。

艾洛放下手機。

他跟亞芙一個禮拜沒有見面了。上禮拜那晚，他們分手時，說好暫時不碰面，等假面會社的事件平息後再說。但這幾天，顯然都還沒有人報警處理莎美跟麥斯克的失蹤案。

他們這之間通過兩次電話，但都聊不久。亞芙說她工作很忙，而且暫時不想去想會社的事，跟他接觸會讓她聯想起會社的事。她說過幾天會再打給他。

直到接到電話的那一刻，他才明白，等待比想像中的還要難熬。

他一直覺得跟亞芙之間有一種很奇妙的隔閡，很親密，但又很疏遠。

可能因為他是先認識她的肉體，才慢慢認識她的靈魂。

艾洛閉上雙眼，又看到亞芙的影像。

他從來沒有這麼瘋狂過。

花了些時間打點房間後，艾洛走到樓下去，站在大樓門口等待。

約摸十分鐘後，一輛紅色機車出現在門口，亞芙穿著白色羽絨外套出現。艾洛向她招手，示意她將機車停入車棚內。

亞芙下了車，收好安全帽，脫下羽絨大衣。她穿著一件黑色襯衫外套，罩在一件白襯衫之上，七分袖管，比前者稍長，胸前則懸著一條銀色弦月項鍊。下半身著一條淡紫色休閒長褲，雙腳圈在黑色羅馬鞋中，紅色指甲油顯得格外醒目。

亞芙手上提了個塑膠袋。裡頭大概是晚餐。

「跟我來，」艾洛說。

沒過多久兩人便來到艾洛的房前。

「房間很亂，請別介意。」艾洛打開門。

「是嗎？看起來很整潔呢。」

艾洛在書桌前擺了兩張椅子，兩人坐了下來。亞芙從塑膠袋內拿出兩個白色餐盒。

「我買了日本料理，豬排飯可以嗎？我吃炒烏龍。這家店的東西很好吃。」

「謝謝。」

用餐期間，他們沒有聊太多，而且都是言不及義的閒聊。他原本想了解更多亞芙的生活背景，但對方反而反問了他很多問題，以至於談了許多自己的事。

餐畢後，他們一起收拾好桌面，並輪流進到浴室內漱洗。然後重新落座。

「這幾天我一直在想會社的事，」一陣沉默後，亞芙開口。她右手托著腮，看著艾洛，「最後那天發生的事讓我做了好幾天的噩夢。」

「我想也是。」

「我想忘掉那些殘酷的影像，但恐怕一輩子都忘不了。」

「你可以忘得掉的，相信我，時間會沖淡一切。」

亞芙低著頭一會兒，然後抬起頭來看他，「艾洛，我想知道一件事。」

「什麼事？」

她晶亮的眼眸扣在他身上。「莎美是誰？」

她終於問了。

正在艾洛尋思如何回答時，對方繼續說：「那晚你對麥斯克質詢莎美的事時，我沒有機會問你。現在你可以告訴我嗎？」

「她……只是一個朋友。」

「什麼樣的朋友？」

「就是朋友。」

「我接到的無聲電話應該就是她打的，對吧？她騷擾我，還想殺我。她知道你跟我接觸。」亞芙停頓下來，「她很愛你。」

「……我知道，但我們的關係不是你想的那樣。」

「你怎麼知道我想的是什麼？我想我沒想錯。」

「是嗎？」

「記得我們談過你的感情觀嗎？記得加入會社的篩選條件嗎？」亞芙直視著他，「只相信性，不相信愛。」

艾洛沉默。

「我知道你們的關係，」她說，「我也知道她的想法跟你不一樣。」

艾洛抿了抿唇。「你想要說什麼？」

亞芙沒有立即回答，她別開眼神，似乎在思索著什麼，「你怎麼解釋莎美在麥斯克那的行動？」

「你是指？」

「你當初推測莎美可能是麥斯克的共犯，但是後來根據麥斯克的說法，似乎又不是那樣。」

「……麥斯克說他沒有限制莎美的行動自由，我猜莎美爲了狙殺你，偷了另一套阿斯摩太的裝備，採取了自己的行動，這些是麥斯克沒有料到的。另外，麥斯克僞裝被綁架前，也許莎美回去找他，正巧麥斯克已打定主意要殺害我們倆，談過之後，才打電話引誘我們過去。」

「我猜也是這樣……但莎美那段時間都住在地下會館嗎？你不覺得很奇妙？她等於獲得麥斯克的協助但又有行動自由。」

「你有什麼想法嗎？」他總覺得亞芙一直沒有把重點說出來。

「你還記不記得，」她緊緊凝視他，「當麥斯克從你口中得知莎美自殺時，暴怒得立刻衝上去攻擊你？」

「我當然記得，我以爲自己就要死了。」他下意識地摸了摸脖頸。

「你覺得他爲什麼這麼做？」

「因爲他跟莎美是朋友，他的朋友死了。」

亞芙搖搖頭，「比這更深。」

「難道……他跟莎美之間……」

亞芙嘆了口氣，「不，他們沒有成爲戀人關係。艾洛，事情應該很清楚的。莎美愛的人是你，她不可能愛上麥斯克，麥斯克對她而言只是朋友，不，甚至連朋友都不是，也許只是暫時利用的工具，用來殺害我的工具。」

「……」

「但麥斯克可能愛上莎美，不是可能，而是事實，至少我確信是如此。」

這次換艾洛搖頭了。「假面之夜的會長愛上莎美？這太離譜了，你忘了麥斯克的扭曲心態嗎？照理說他應該是個對愛情絕望的人，他很有可能無法跟正常人發展戀愛關係，所以才有假面會社的成立，所以才有特殊戀愛觀的入會條件。對他而言，愛是不存在的。」

「他可以認爲愛情不存在，但他無法否認愛上一個人的感覺會降臨在心中。」

艾洛感到胸口有一股窒息感。他讀不出亞芙臉上的表情。

但我想成為你第一個愛上的人，因為我知道你從來沒愛上任何人。只要你愛上了我，你便會明白你關於愛情的一切想法都是錯的，錯得徹底。

莎美……莎美……

「純粹性關係怎麼會是愛情的關係呢？」

「因為我不認為傳統意義的愛情關係存在，只有純粹肉體關係才是真實的，所以愛情應該要指涉這樣子的關係。」

「你會這樣想，是因為你不懂得戀愛吧。」

我不懂得戀愛。不，也許不是這樣。

「亞芙，」他開口，這次換他緊緊凝視她，「我被你說服了，我相信麥斯克愛上了莎美。」他停頓，然後緩緩說：「因爲，我愛上了你。」

亞芙沒有回答。兩人的眼神交會著。

她的雙眼……墨黑的眼眸……
她的臉龐……她的髮梢……
他迅速傾身向前。
她的唇。
不知名的香氣在他的鼻腔中蔓延開來，柔軟的身軀圈在他的環抱之中。他在她的唇上流連忘返。舌尖，交錯。
他彷彿又墜入了當初那個夜晚，那個假面之夜，在夜燈所塑造出來的氛圍中，貪婪地索求著女神。
他探索她的脖頸，柔嫩的脖頸；她白皙的手指捧著他的面頰，溫熱的面頰。
他的吻往下沉去，越過了微微隆起的雙峰。接著，雙手緩緩伸出，解開了她胸前的鈕扣。
那不屬於她身體的物件，猶如墜落的羽翼，滑落在地上。
艾洛在她的神域中游走，徜徉在那美妙小巧的山丘中。她的雙手摟著他的頭顱，時緊時鬆。
他繼續往下沉落。女神卸下了所有的束縛，只剩那輪明月吊掛在山峰之間。
她面對著他，臉上泛起紅潮。他緩緩將她推向床，她向後倒去，他壓上她的身子，從她的唇重新再來過一遍。
那個夜晚的影像不斷重現，他又跌入夢境之中了，那種不可思議的幻夢感，期待被滿足的興奮感，充斥在胸臆，與女神的軀體鎔鑄一塊。

他抬起她的足踝，撫摸著她白皙的腳趾，鮮紅色的趾甲，綻放著嬌豔。他從她的趾尖開始吻起，然後捲入舌間。

亞芙發出細聲呻吟。她露出靦腆的笑看著艾洛，輕聲說：「這是你的癖好嗎？」

他沒有回話，只是順著腳的弧線延續到腿部，繼續親吻下去，翻越了雙峰，渡過了明月，直到吻遍了她。然後，雙手扶住她的身側，緩緩將她翻轉過來。

亞芙俯臥在床上，兩手臂高舉靠在枕頭上。艾洛再度滑上她的身子，琢磨著她的後頸。

她的身體曲線令他著迷，她的皮膚溢滿香氣……他的舌尖沿著她的脊椎往下滑落，掃過了那白淨無瑕、一望無際的緩坡……

白淨無瑕……

艾洛停了下來。

他停了下來。

停了下來。

呼息猝然中止。

心臟停頓了片刻。

他眼前的身軀動了起來，亞芙微微翻身，回過頭。

「怎麼了？」她問。

艾洛沒有回答，他緩緩向後退去，但仍舊注視著亞芙的背。

「艾洛？」她加強語氣，「艾洛，你還好嗎？」

艾洛抬起頭。他的心從來沒有比這刻更冰冷過了。

「你的背上沒有曼陀羅刺青，你到底是誰？」

36

亞芙的眼神變了，她僵滯了半晌，然後翻過身面對艾洛，向後靠坐在床頭板上，左手拉起棉被遮掩住上半身。

「我竟然忘了刺青這件事，」她注視著艾洛，靜靜地說。

「你騙了我。」

「不，艾洛，不是你想的那樣——」

「說清楚這是怎麼回事！」

亞芙垂下眼神，右手摀住下唇。「我……你不可能會接受我的事，不，那太可怕了……」

「你到底是誰？你爲什麼騙我？」他突然暴吼起來，「說清楚！」

一片沉寂。兩人的眼神沒有交會。

「艾洛，」良久之後，亞芙緩緩抬頭，她的眼眶紅了，「你看新聞嗎？」

「你問這幹什麼？」他有一種奇怪的感覺，好像有人用繩索束縛住他的心臟。

「如果你看的話，你或許記得幾個禮拜前的一則社會新聞。一名男子在情人斷崖墜死……只是小新聞，你應該沒看到。」

記憶，腦海中的記憶擾動。

……某男子陳屍於斷崖下，疑似失足跌落，死亡時間正是昨天晚上九點至十點間；今早一通匿名電話通報了警方，說有人墜崖，警方才立刻趕到現場處理。地點是離這裡有四十分鐘車程的一處風景區，叫做情人斷崖。那是一處情侶看夜景的好去處，但發生過好幾次墜崖意外，即使後來加蓋了欄杆，還是有許多人為了看風景而翻越過去。

「不，」艾洛說，「我看過，那則新聞怎麼了？」

「那個死去的人就是前厄洛斯，也就是我前男友。」

「那又怎樣？」他的胸口突然又窒悶起來。

一陣寂然之後，亞芙才緩緩開口。

「他不是意外死亡，他是被我殺死的。」

心臟上的繩索突然被拉緊。他無法呼吸。

「我約他到斷崖，用了個可笑的藉口。」她說，「只要用肉體引誘，男人永遠會上當，這是我體會許久才明白的道理。然後，我把他推下去。」

艾洛注視著她。

「我需要一個不在場證明，」亞芙沒有注視著他，「所以我找了另一個人代替我去會社。」

「我記得你說過你跟你妹住一起。」

「嗯，有一段時間了。」

「她想必跟你一樣迷人。」

亞芙輕笑了一聲，「很多人說我們長得很像，但性格卻完全不同。」

「你讓你的妹妹……做這種事？」

「以她的職業來說，不足為奇，我想也沒必要明說。」

「你怎能掌控她跟我配對？」

「她跟誰配對並不要緊，重點是要讓會員們可以替『亞芙羅黛蒂』的不在場證明作證。」

「但……為何一定要找會社的人做證人？」

「因為在當時的情況，剛好只有禮拜三方便作案。」

艾洛從她身上退開來，凝望著她的面頰，緩緩伸出手探向她的眼罩面具。她微微一笑，用右手輕輕擋住了他。

「不在場證明的設計只是一個後路，警方不一定會質疑他殺，但不管怎麼樣必須小心，不能讓你這個證人發現第一次跟你配對的人與後來的亞芙是不同人。」

他們沒有說話，彷彿沉默是最好的言語，直到意識流散在黑暗之中。

第一個亞芙的聲音，完整的容貌，在他的記憶中都是一片空白。難怪他無法察覺。

「我用魔術把戲跟你配對那晚，」艾洛說，「騎著機車阻擋我追逐你的女騎士，也是你妹妹？」

「是，我臨時打電話向她求救的。」

「……我不了解，在遇到我之前，你為什麼要繼續參加集會？」艾洛發現自己的聲音不像自己的聲音，「你難道想繼續跟別人配對？」

「前厄洛斯退會後，我也退會了，直到計畫成形，我才又要求復會。」

「那你妹在那晚騙過我後，你應該沒有理由繼續參加集會。」

「我總得繼續假裝吧？不然麥斯克會起疑。此外，部分也是因為你偶然找上了我，我便想到可以利用這機會強化你對我的印象，讓你對我第一次的不在場證明更深信不疑。」

「我不懂，我究竟只是你的棋子，還是還有別的？」心臟上的繩索愈扯愈緊了。

亞芙的臉色黯淡了起來，「你一開始的確只是我的棋子，我很抱歉……但現在不是了。」

艾洛欲開口之際，亞芙繼續說了下去。「你在街上巧遇我那次……那是我第一次見到你，我不知道自己在想什麼，但不自覺向你下了抽到鬼牌的挑戰書。後來，你玩把戲跟我配對那晚，我才更深入了解你的性格。我……其實想跟你多聊一些，但前厄洛斯的陰影，始終籠罩著我，所以……我逃開了。」

艾洛默然不語。

「我想知道你後來有沒有去參加集會，才又打電話給你。向你求救，不過是個比較次要的理由。」亞芙垂下視線，「我很抱歉，也很遺憾騙了你，但我必須要澄清一點，」她的眼眸像要望穿他，「你給了我一些從來沒有過的感覺，這是千眞萬確的。」

語畢，亞芙放下了遮掩上半身的棉被，下了床，撿拾起地上的衣物。

她快速地穿上衣服。

「等等，」艾洛說，「你要去哪？」

亞芙背對著他，「你不該跟殺人犯在一起……對不起，我不該有隱瞞這件事的念頭。」

艾洛也下了床，面對著她的背影，「我也要向你道歉，我剛剛太激動了……但我眞的沒想到眞相會是這樣。」

亞芙沒有答話。

「我只想知道一件事，」艾洛說，「你殺害他的動機是什麼？純粹是因爲他對你的傷害？如果是那樣，你鐵定愛他愛得很深。」

「或許曾經是那樣，」她的聲音聽起來像是來自遙遠的彼方，「但不只是那樣。當他回來求我復合被拒絕後，他做了一件事，」亞芙轉過身來，她的雙眼染上了血絲，「他找上了我妹，成了我妹的常客。我妹並不認識他，直到她開始提起這名客戶後，我才赫然發現那男人利用這種變態的方式在滿足自己。我終於受不了，才……這樣解答你的疑惑了嗎？」

「……我了解了。」

「那我可以走了嗎？」

「不，你留下來。」

她沒有回話。

「你騙了我，無所謂，重點是我喜歡你，我希望你留在我身邊，我不願失去你。」他輕嘆了一口氣，然後緩緩說：「過去一個月以來，我腦中湧起了不曾有過的瘋狂念頭，你知道是什麼嗎？我希望永遠有你的陪伴。」

亞芙還是沉默。

「你應該清楚我看待事情的方式，」艾洛說，「你殺了人，你犯了罪，你做了什麼事，都不關我的事。只有我在乎的事情才跟我有關係，而我只在乎我們能不能在一起。更何況，我也殺過人，我殺了麥斯克。我們平手。」

亞芙持續沉默。她似乎在思索著什麼。艾洛看著她，等著她。

窗外一陣雷聲，震撼著窗玻璃。雨水開始落下。

雨落了一陣後，亞芙抬起頭來。

「你剛剛說你愛上了我，你確定？」

「我確定。」

「你不是愛上了我的身體？你不是愛上了我妹的身體？」

「不是。」

「你承認，你以前的愛情觀是錯的？」

「我想我錯了。」艾洛搖頭，「我錯了。」

「那好，那我終於可以告訴你一件我從來沒提的事。」

突然，心臟上開始放鬆的繩子又緊繃了。

「……什麼事？」

「你知道前厄洛斯離開我的眞正原因嗎？」

「不是喜新厭舊嗎？」

她搖搖頭，「他爲什麼要找上我妹滿足他自己？理由很簡單，因爲我不能滿足他。」

「你……」

亞芙的雙眸定定地凝視他一會兒。

「我是陰道痙攣的重度患者，」她面如死灰，「無法進行任何插入的行爲。」

沉默。

還是沉默。

「亞芙，」他覺得喉嚨有東西卡住，「別開玩笑了——」

「我沒有開玩笑，」她的聲音就像冰刀一樣，穿入他的耳中，「在開玩笑的人是你。」

再度沉默。

「艾洛，」亞芙看著他，「你還要我永遠陪伴你嗎？」

他停頓了一下。「……我——」

「你不必回答了。」她說。

亞芙轉過身，朝房門走去。

門在雨聲中關上了。

37

艾洛跌坐在地上，背靠著床沿。他兩手抱著頭。

雨勢愈來愈大了。

亞芙最後的話語像一記宏亮的鐘響敲入他的腦袋，敲出了埋藏在深處的一段影像。

一段他無法壓抑下去的影像。

他瘋狂地緊擰著頭部，但那畫面卻愈來愈鮮明……

* * *

……艾洛摸摸下巴，「你有聯絡方式嗎？」

「你想幹嘛？」

「我想調查這個神祕人物的事情，你是目擊者，萬一我又想起什麼問題，可以再問你細節。」

「你是不是太閒了？把這件事告訴麥斯克，要他去處理就好了，這應該是他的事情。」

「我已經告訴他了，但我想同時自己調查。」

她瞪了他一眼，「看來你也是個怪人。」她從提袋中拿出一個紅色皮夾，然後掏出一張名片，遞給艾洛。

上面的名字是Ashley，另有電子郵件信箱跟手機號碼，沒有工作頭銜。這種不洩漏真實身分的名片卡瑪也給過他一張。參加集會的成員或許很自然會預算一種可能性，亦即不想透過會社、但私下想再有聯絡的心理，這時這種匿名名片便派上用場。

他把名片捏在手中，凝視著收拾物品的雅斯特莉德，再度陷入沉思。

「唉，腳好痛，」雅斯特莉德將煙扔進床邊的煙灰缸，彎身撫摸著右腳。

「怎麼了？」

「剛剛在地道奔跑時，脫掉了鞋子，好久沒赤腳跑步，腳好痛。」

女人脫掉了涼鞋，在床上伸長了雙腿。她開始檢視起腳趾。

「好像踩到什麼東西，有點破皮。」她說。

那十隻修長的腳趾對著艾洛，上頭塗著黑色指甲油；女人的腳底因剛洗過澡的緣故，十分光潔。

修長的雙腿，白皙的足踝，黑色的趾爪……

雅斯特莉德注意到他的目光。

艾洛注意到她注意他的目光。

眼神短暫的交會。

突然，雅斯特莉德露出淺笑，兩隻手肘撐在床上，將自己的下半身往艾洛的方向推去。她伸長了右腿，五隻黑色爪子往艾洛的身體下方扣去。

她緊緊扣著他，偏著頭，唇角持續揚起。

艾洛蹲下身來，單膝跪地，他捧起對方的足踝。接著，他開始舔舐起那黑色的爪子。

雅斯特莉德咯咯笑了起來。

他吞噬了那爪子，舌尖在趾縫間流連。

火焰，他感受到火焰在體內燃燒。

他緩緩地向前推進。身子壓在女人身上。

女人身上散發一種原始叢林的氣息。

火舌燒上了叢林。

當他進入她的身體時，他彷彿燒入了另一層夢境。

一場夢中夢。

他沉浸在狂嚎的浪潮中，蜷曲在肉身的床鋪上。

直到一切歸於寂滅。

「我先去沖一下身體。」

雅斯特莉德推開艾洛，這麼說道。

「我差不多該走了，」五分鐘後，女人從浴室中走出。

「嗯。」

雅斯特莉德收拾好東西，便朝門口走去。

「小心。」艾洛說。

女人轉過身來看著他，「謝了。」

她打開門走了出去。門關上了。

艾洛走到窗邊，撥開窗簾，望見雅斯特莉德拿著手電筒與電擊棒，小心翼翼地左右張望。她很快地離開了會館週遭，沒入森林中。艾洛放下窗簾。

＊　＊　＊

窗外一道電閃。傾盆大雨。

又一陣雷鳴。

「艾洛，」她突然開口了，仍舊凝視著他，「我問你一個問題。」

「什麼？」他有些茫然地問。

「你今晚為什麼去參加集社？」

艾洛放下抱頭的雙手。

他感到胸悶。

「你不是問過了？」

「我要你再回答一遍。」

「我想見你。」

亞芙靜默了幾秒，然後又問：「你今晚沒有跟別人上床？」

「沒有，因為不是你。我發誓。」

他苦澀地笑了起來。

38

亞芙站在浴室內，兩手撐在洗手台上。

雨水不斷地從衣服上滴落，她一陣哆嗦。

看著鏡中的自己片刻後，她緩緩卸下了身上的束縛。

沉重的衣物啪答一聲，墜落在地上。

「我是陰道痙攣的重度患者……無法進行任何插入的行為。」

她的視線再度回到鏡中，光滑的鏡面上逐漸浮現出了亞芙羅黛蒂的臉。

金黃色的頭髮，翠綠的寶石，鮮豔的玫瑰。

女神的假面。

「亞芙……別開玩笑了——」

「我沒有開玩笑。」

「很抱歉，不是玩笑，」鏡中的女神說，「而是謊言。」

她閉上雙眼，唇角微微彎起。

一滴冰晶悄聲滑落，劃出鏡中一道蜿蜒。

「當人以自己身份說話的時候，往往不是真實的自己，給他一個面具，這樣他就會告訴你事實。」

——王爾德

"Man is least himself when he talks in his own person. Give him a mask, and he will tell you the truth."

--Oscar Wilde

解說：當我們穿越夜中的霧……

路那

警告：
本文涉及謎底，若尚未閱讀全文，請勿翻閱，以免破壞閱讀興致。
當然如果你很堅持的話，偷偷告訴你，第一段安全無雷，但千萬不要再往下了喔！

所有的燈都黯了
所有的角色還給面具
剩下繭
厚厚的在你腳心

——〈蛀牙記〉，夏宇

《假面殺機》是林斯諺出版的第六本長篇小說，或許也是風格轉變最大的一本。熟悉斯諺寫作風格的讀者，或許會爲這樣的轉變而大吃一驚吧？本作捨棄了過往斯諺作品中爲人稱道的精巧詭計，而是轉以人物爲核心，描寫就讀文學所博士班的艾洛，在一個雨夜裡踏入的神祕旅程。

作爲情色文學研究者，艾洛對於何謂「愛」，有著與眾不同的想法。他認爲愛根源於性慾，「只不過人類有語言、有思想，才將這種性慾美其名爲『愛』。」秉持著這樣的看法，他準備離開執著於「愛」的床伴／女友莎美。隨後，在機緣巧合之下認識的面具博物館館主麥斯克，由於認同艾洛對於愛與性的想法，從而引薦他進入祕密會社「假面之夜」。然而，獲得了厄洛斯面具的艾洛，卻迷戀上了戴著亞芙羅黛蒂的女性。同時，隨著面具博物館中阿斯摩太面具的失竊與現身，「假面之夜」所隱藏的祕密，也即將攤開在眾人的眼前。

有兩種東西在我身上：盡是面具的城國

面具，以其方便易取得的特性、遮掩面容的功能，以及製造鬼魅氛氛的能力，一向是小說中的熱門商品。從非人的面具（愛倫坡〈紅死病的面具〉），到民俗面具（東尼．席勒曼那個圓眼外頭畫了黃圈的撒拉莫比亞面具，還有高木彬光的鬼女面具、土屋隆夫的天狗面具……），從隱藏凶手身分（族繁不及備載）到隱藏顧客身分（求助於福爾摩斯的波希米亞國王）再到隱藏偵探身分（「我可以作兩個黑綢面具」，華生說），簡直是偵探、罪犯與匿名委託人居家必備良品。也別以爲面具是本格小說的專利——你一定記得，冷硬派小說的基地之一就叫做《黑面具》。某種程度上來說，推理小說堪稱爲面具的城國。爲何人們如此熱愛面具？論文洋洋灑灑，從宗教儀典一路講述源流演變，終歸不脫扮裝與隱藏的概念。面具隱藏了人類最大的特徵，而這即賦予佩戴者扮演他者之可能。《假面殺機》既以面具爲題，自然不會輕易忘記此一道具在「扮演」上的功能——亞芙羅黛蒂姊妹，以及莎美與麥斯克這兩組人馬的兩人一角，皆淵源於此。而扮演他人的另一面，或者也可以說就是創造新的自我——面具博物館館主，便是多虧面具協力，集麥斯克／許青堯／墨爾／阿斯摩太四角於一身（儘管裡面有些技術性的細節實在讓人好奇，比如三層面具的通風性……）然而，光是憑藉有形的面具，眞的就能「創造新我」嗎？或者，沒有面具，就不能「創造新我」嗎？

並非如此吧。最簡單也最通用的面具，就是謊言與相應的演技。小說的最後，含淚而去的亞芙羅黛蒂與無法回答問題的艾洛，儘管捨棄了「假面之夜」的面具，卻依舊戴著謊言接近彼此。亞芙羅黛蒂以謊言試探艾洛的愛情，艾洛則以謊言遮掩他屈從於慾望的事實。但艾洛的謊言不敵亞芙羅黛蒂的謊言，最終顯現出他依舊更爲看重性愛的眞實（呃，該說在神話裡，亞芙羅黛蒂是厄洛斯的母親，畢竟技高一籌嗎？）而有意思的是，在整部小說中，唯一以常用名現身的，卻也只有艾洛／厄洛斯。無論作者有心或無意，相較於小說中懷有祕密的其他角色，艾洛儘管熱愛賣弄詞句，但顯然要單純許多。然而，由於他離經叛道的愛情觀，這樣的坦率，能獲得多少讀者的欣賞，仍在未定之天。

《假面殺機》中的另一個議題，顯然即是探討性／愛是否可以分離。小說中的角色，可以粗略地分為兩派——以艾洛與麥斯克爲主的分離派，以及以莎美與亞芙羅黛蒂爲主的不可分離派。麥斯克爲了滿足他的性癖而成立了「假面之夜」，艾洛因爲他的愛情觀而受邀加入；莎美的願望是艾洛能性／愛合一地愛上她，亞芙羅黛蒂則是爲了報復男友而加入祕密會社，最終給予艾洛的測試，則是能否爲了愛而放棄性。這樣的區別，顯然再現了傳統中「男人爲性，女人爲愛」的刻板印象，最終致使男女主角在小說的最後，因堅守各自觀念而分手的結局。

在斯諺的小說中，愛情一直是很引人注目的元素。從早期鬱鬱不樂的哲學家偵探凝望神仙姊姊的瓊瑤式文藝，到《無名之女》中加入情慾與背叛的連續劇式情侶，再到《假面殺機》討論愛／性之間的關係，可以從中看到林斯諺試圖自我突破的痕跡（但不曉得仙女型人物是否會就從此銷聲匿跡），然而儘管在尺度上有重大突破，但就本質而言，斯諺對男女主角的摹寫仍有一基本框架可循：舉例而言，男主角皆身爲學術界中人，面貌並非特別出色，性格沉默寡言；女主角若非美若天仙，則也是小家碧玉，同時因爲某些因素，對男主角格外具有好感。而在情慾書寫的部分，儘管尺度越來越開放，但這開放的尺度，卻多表現在男角身體外遇的情節上。相較於此，小說的女角若非只愛男角（如雲臻、威蕎、莉曼和莎美），就是（莫名地）願意拿自己的身體作爲他人的工具（如芷怡與亞芙的妹妹。）其中，亞芙的妹妹又是個很有趣的例子，當亞芙坦承她讓妹妹代替去俱樂部時，艾洛的反應是「你讓你的妹妹……做這種事？」這句話的背後，顯現著儘管艾洛贊同性／愛分離的價值觀，甚至激進地認爲「沒有愛的存在」，但其思考中卻顯見仍保有父權式的性支配觀念。

講到艾洛，再讓我們回過頭來檢視一下他對於性與愛的看法。艾洛說，「沒有愛，只有性慾，……一切的愛情活動，拆除掉語言的裝飾，只有赤裸裸的性。」然而在稍後，他又說「永恆的愛只有一種，就是柏拉圖式的戀愛。」那麼，「愛」到底是存在還是不存在呢？再延伸出去，若只以性行爲作爲是否在談戀愛的標準，那麼無性戀者（Asexuality）又要怎麼辦？作爲情色文學的研究者，除了將重心放在顯然也是他個人癖好的戀足癖上外，艾洛或許也應該多引進當代對性／別議題的思考。畢竟，性與愛的辯證並非一個新鮮的議題，時代乃至於個人之間迥異的立場與觀點，才是爭議之所以有意思的地方。

讓我讚美這些複雜情節裡簡單的意外：異色之作（或者其實可以轉成常態）

如同本文一開頭所提到的，《假面殺機》是與其它斯諺作品大異其趣的存在。比起推理小說的稱號，它或許更應該貼上懸疑小說的名牌。小說的核心，與其說是追問推理小說傳統的「5W」，倒不如說是追尋小說傳統裡更初始的「這到底怎麼了？故事會怎麼結束？」作者自承在寫作時，是以影像化作爲前提。然則，可能是由於一直揣想電影節奏的緣故，《假面殺機》中事件進行的速度，偶爾會快得讓人嚇一跳。比如，麥斯克在數十分鐘的談話後，即刻邀請艾洛加入性愛祕密會社的這一點，一直讓我有些耿耿於懷。畢竟，「性愛趴」在台灣仍是一個遊走於法律邊緣的曖昧活動，而主辦人又有殺人的嗜好，如此漫不禁心的安全機制眞的沒問題嗎？不過放到小說裡來看的話……嗯，麥斯克確實因爲這個不嚴謹的邀請而在陰溝裡翻了船，連面具都掉了。所以……這或者也是在作者的算計之內吧？無論如何，在閱讀本書時，文字確實洋溢著相當生動的畫面感，讀者彷彿跟隨著小說人物一同進入了一個略爲偏離現實的神祕世界。這也讓人相當期待本書能如作者所願的改拍成影視作品，相信應該會相當有趣！

要推理06　PG0958

要有光
FIAT LUX

假面殺機

——林斯諺長篇推理小說

作　　者　林斯諺
責任編輯　黃姣潔
圖文排版　張慧雯
封面設計　王嵩賀

出版策劃　要有光
製作發行　秀威資訊科技股份有限公司
114 台北市內湖區瑞光路76巷65號1樓
電話：+886-2-2796-3638　傳真：+886-2-2796-1377
服務信箱：service@showwe.com.tw
http://www.showwe.com.tw
郵政劃撥　19563868　戶名：秀威資訊科技股份有限公司
展售門市　國家書店【松江門市】
104 台北市中山區松江路209號1樓
電話：+886-2-2518-0207　傳真：+886-2-2518-0778
網路訂購　秀威網路書店：http://www.bodbooks.com.tw
國家網路書店：http://www.govbooks.com.tw
法律顧問　毛國樑　律師
總 經 銷　易可數位行銷股份有限公司
地址：231新北市新店區寶橋路235巷6弄3號5樓
電話：+886-2-8911-0825　傳真：+886-2-8911-0801
e-mail：book-info@ecorebooks.com
易可部落格：http://ecorebooks.pixnet.net/blog

出版日期　2013年7月　BOD一版
定　　價　250元

Printed in Taiwan

國家圖書館出版品預行編目

假面殺機：林斯諺長篇推理小說 / 林斯諺著. -- 一版. --
臺北市：要有光, 2013. 07
面； 公分. -- (要推理；6)
BOD版
ISBN 978-986-89128-6-1 (平裝)

857.81 102003572

讀者回函卡

感謝您購買本書，為提升服務品質，請填妥以下資料，將讀者回函卡直接寄回或傳真本公司，收到您的寶貴意見後，我們會收藏記錄及檢討，謝謝！

如您需要了解本公司最新出版書目、購書優惠或企劃活動，歡迎您上網查詢或下載相關資料：http:// www.showwe.com.tw

您購買的書名：____________________________________

出生日期：________年________月________日

學歷：□高中 (含) 以下　□大專　□研究所 (含) 以上

職業：□製造業　□金融業　□資訊業　□軍警　□傳播業　□自由業

□服務業　□公務員　□教職　□學生　□家管　□其它_____

購書地點：□網路書店　□實體書店　□書展　□郵購　□贈閱　□其他

您從何得知本書的消息？

□網路書店　□實體書店　□網路搜尋　□電子報　□書訊　□雜誌

□傳播媒體　□親友推薦　□網站推薦　□部落格　□其他__________

您對本書的評價：(請填代號　1.非常滿意　2.滿意　3.尚可　4.再改進)

封面設計____　版面編排____　內容____　文／譯筆____　價格____

讀完書後您覺得：

□很有收穫　□有收穫　□收穫不多　□沒收穫

對我們的建議：____________________________________

____

____

____

請貼
郵票

11466
台北市內湖區瑞光路 76 巷 65 號 1 樓
秀威資訊科技股份有限公司　收
BOD 數位出版事業部

(請沿線對折寄回，謝謝！)

姓　　名：＿＿＿＿＿＿＿＿　年齡：＿＿＿＿　性別：□女　□男

郵遞區號：□□□□□

地　　址：＿＿＿＿＿＿＿＿＿＿＿＿＿＿＿＿＿＿＿＿

聯絡電話：(日) ＿＿＿＿＿＿＿＿ (夜) ＿＿＿＿＿＿＿＿

E-mail：＿＿＿＿＿＿＿＿＿＿＿＿＿＿＿＿＿＿＿＿